王様ゲーム

深淵
SHINEN 8.08

金沢伸明
Kanazawa Nobuaki

双葉社

王様ゲーム

深淵

8.08

カバーデザイン　重原隆
カバー写真　　　© piai/fotolia

王様ゲーム　深淵 8.08　◆目次◆

高校生

◇日本人
（男性）
天海翔真（あまみ・しょうま）
城之崎克也（きのさき・かつや）
坂本秋雄（さかもと・あきお）
~~篠原裕一郎（しのはら・ゆういちろう）~~
~~藤川涼太（ふじかわ・りょうた）~~
吉村悠人（よしむら・ゆうと）

（女性）
小松崎美佳（こまつざき・みか）
神内愛理（じんない・あいり）
鈴森萌華（すずもり・もえな）
立花雪菜（たちばな・ゆきな）
高橋理緒（たかはし・りお）
宮川百合（みやかわ・ゆり）

◇台湾人
（男性）
王海峰（おう・かいほう）
張龍義（ちょう・りゅうぎ）
~~李志強（り・しきょう）~~
林永明（りん・えいめい）
楊邦友（よう・ほうゆう）

（女性）
胡海音（こ・かいおん）
~~呉明珠（ご・めいじゅ）~~
黄若英（こう・じゃくえい）
白志玲（はく・しれい）
~~葉住玲（よう・じゅれい）~~

◇韓国人
（男性）
キム・グハン
~~シン・ガンホ~~
ソ・ジュノ
チャン・トンハ
~~リュ・ソンヒョン~~

（女性）
~~イム・ユナ~~
~~カン・ユンジン~~
ソン・ジンシル
~~ハン・イェジン~~
~~ユン・ミリ~~

大人

◇教師
~~チェ・ムヨン~~
~~鳴海佐緒里（なるみ・さおり）~~
~~顔建成（がん・けんせい）~~
~~谷美美（こく・みみ）~~

◇料理人
~~謝英傑（しゃ・えいけつ）~~
◇雑用
~~沈土水（ちん・どすい）~~
~~陳花妹（ちん・かまい）~~

命令6

【8月8日（金）午前0時0分】

【8／8金00：00　送信者：王様　件名：王様ゲーム　本文：これは紅島《ホンタオ》にいる者全員で行ってもらう王様ゲームです。王様の命令は絶対なので、24時間以内に必ず従って下さい。※途中棄権は認められません。＊命令6：坂本秋雄は誰か1人を殺せ。命令に従わない場合は、小松崎美佳に罰を与える。END】

「こ、この命令は………」

口を半開きにしたまま、翔真は顔を上げた。

目の前に、秋雄と美佳の姿がある。

2人はスマートフォンの液晶画面を凝視したまま、銅像のように、その動きを止めていた。

「お、おいっ！　この命令、どうすんだよ？」

トンハが、秋雄と美佳を交互に見た。

「秋雄が誰かを殺さないと、恋人の美佳が死ぬってことだよな？」

トンハの言葉に、秋雄と美佳の体がびくりと反応した。

秋雄の荒い呼吸が、波の音に混じって聞こえてくる。

月明かりに照らされた翔真の顔が歪んだ。

――なんだよ、この命令は。秋雄と美佳は恋人同士なんだぞ。それなのに、王様はこんなひどい命令を出すのか？

翔真の額から、冷たい汗が流れ落ちた。

台湾から南西に数キロ離れた紅島で王様ゲームが始まってから、既に6日が経過している。当初、島にいた43人のうち23人が死に、残っているのは高校生の翔真たち20人のみになっていた。

男が、翔真、秋雄、邦友、克也、悠人、トンハ、ジュノ、グハン、海峰、龍義、永明の11人。

女が、愛理、美佳、理緒、雪菜、若英、海音、志玲、萌華、ジンシルの9人。

——王様は龍義の提案を蹴って、王様ゲームを続けることを選んだ。もう20人しか残っていないのに、まだ、殺しても、捕まらないと思っている。それとも、最初から死ぬ気なのか？

浜辺に押し寄せる波が、翔真の履いていたスニーカーを濡らした。

翔真の隣にいた邦友が、強く結んでいた唇を開いた。

「やっぱり、王様ゲームは続くってことか」

「やっぱり？」

翔真の質問に、邦友は首を縦に振る。

「龍義の提案は悪くなかった。ここで命令が来なくなれば、警察は王様が王様ゲームの途中で死んだと考えるだろうしな。だが、王様はそんなことを気にしていない予感がしてたんだ」

「自分の死を恐れていないってことか…………」

「それか、王様候補を減らしても、捕まらない自信があるか、かな。今回の命令なら、罰を受けるのは1人だけになるし」

邦友はちらりと秋雄を見た。

スマートフォンの画面を凝視している秋雄の顔から、表情が消えている。まるで、マネキン人形の顔のようだった。

翔真は何を言っていいのかわからずに、口を閉じた。邦友とトンハも無言で秋雄と美佳を見つめている。

数分後、固まっていた秋雄の唇が動いた。

「………翔真。助けてくれないか」

「助ける？」

「わかっていると思うけど、俺はお前たちを殺す気はない。ここにいない若英もそうだ。だけど、他の奴らは………」

「秋雄………お前………」

「そうさ。俺は、お前たち以外の誰かを殺そうと思っている」

秋雄は暗く低い声で言った。

「この命令だけは、クリアしないといけない命令なんだ！　絶対にな」

「だ………だけど、誰を殺すつもりなんだよ？」

「もちろん、まともな奴を殺すつもりはない。王様候補で、俺たちの敵になる奴を狙う」

「俺たちの敵？」

「ああ。悠人はイカサマサイコロで志強を殺した。理緒もお前を井戸に落として殺そうとしたよな？　永明はクジ引きだったけど、イェジンを殺した。あいつらは危険だ。それに、海峰とグハンと克也も、命令次第じゃ、当たり前のように俺たちを殺しにくるぞ。だから、先に俺たちが」

「やめてっ！」

突然、美佳が大声を出した。

美佳は薄い唇を震わせながら、首を左右に振る。ショートボブの髪の先端が彼女の青白い頬を叩く。

「人を殺す相談なんて、私は聞きたくないよっ！」

「何、言ってるんだよ、美佳」

秋雄は美佳の両肩を掴む。

「俺が誰かを殺さないと、美佳自身が死ぬことになるんだぞ？」

「それでもいいよ」

「ばっ、バカなことを言うな。死にたいのかよ？」

「死にたいわけないよ。でも、秋雄君が人を殺すのはイヤっ！」

美佳の目から、ぽろぽろと大粒の涙がこぼれ落ちた。

「秋雄君は私の大好きな人なんだよ？　そんな人に殺人者になってもらいたくない！」

「美佳…………」

秋雄は美佳の体を強く抱き締めた。

「…………どうして…………どうして、こんな命令が送られてくるんだよ？」

苦痛に耐えるような声を出して、秋雄は天を仰いだ。

「俺だって、人を殺したくないよ。だけど、美佳を…………美佳を助けるためにはしょうがないじゃないか。それなら、せめて、王様の可能性がある奴を…………」

「もう、いい…………もう、いいよ」

涙声で美佳が言った。

「私はここで死んでいい。だけど、最後に秋雄君にお願いがあるの」

「お願い？」

「私が罰を受けるまで、秋雄君と一緒に過ごしたい」

「…………それで、本当にいいのか？　美佳」

「うん。あと、24時間も秋雄君と一緒にいられるなら、私は幸せだよ」

目のふちに溜まった涙を拭いながら、美佳は微笑んだ。

【8月8日（金）午前1時13分】

翔真と邦友とトンハが研修センターに戻ると、ロビーには克也がいた。克也は金色に染めた髪の毛をかき上げながら、翔真に近づいた。

「おい、翔真。秋雄はどこにいる？」

「どうして、そんなことを知りたがるんだよ？」

翔真の質問に、克也は短く舌打ちをする。

「今回の命令は知ってるだろ？　当然、秋雄を警戒しないとまずいからな」

「…………それなら、大丈夫だ。秋雄は誰も殺さない」

「誰も殺さない？」

「ああ。誰かを殺そうと考えていた秋雄を美佳が止めたんだよ。だから、秋雄を警戒しなくても大丈夫だ」

翔真の眉間に深いしわが刻まれる。

「秋雄と美佳は、もう、ここには戻って来ないしな」

「戻って来ないって、どこに行ったんだ？」

「西の灯台の近くにある空き家で、２人っきりで過ごすって言ってたよ」

「…………信用できねぇな」

「おいっ！　克也」

　翔真の声が大きくなった。

「美佳は自分が王様ゲームの罰を受けても構わないって、言ってたんだぞ！　それなのに、まだ疑うのかよ？」

「当たり前だろ。俺たちを殺す可能性があるのは、秋雄のほうだからな。美佳がそんなことを言ったのなら、なおさら、秋雄は俺たちを殺そうとするはずだ」

「どうしてだよ？」

「自分が罰を受けても、恋人の秋雄に人を殺させない。そんな純粋な美佳に、秋雄が罰を受けさせるわけないだろ。今は納得しているのかもしれねぇが、きっと、最後には俺たちを殺そうとするはずだ」

「そんなこと」

「ないとは言えないだろ」

　耳につけた銀製のピアスに触れながら、克也は舌打ちをした。

「いや、もしかしたら、お前の話は嘘で、どこかで、秋雄が俺たちを狙っているのかもな」

「お前、俺も疑うのかよ？」

「お前と邦友とトンハは秋雄と仲がよかったからな。仲間を救うための行動に出てもおかしくない。これからも王様ゲームが続くことは確定したし、仲間が多いほうが有利な命令もあるはずだ」

　克也は翔真の背後にいた邦友とトンハをちらりと見た。

「まあ、今度の命令は秋雄を含めたお前たちを警戒しておけば、なんとかなりそうだな。ある意味、楽な命令でよかったよ」

「よかった？」

「つっかかるなよ、翔真。こんな状況なら、自分の命以外はどうでもよくなるんだよ。正直、俺以外の奴を秋雄が殺すのなら、問題ないぜ」

「克也…………」

掠れた声が、翔真の口から漏れる。

その時、廊下の奥から若英が現れた。若英は二つ結びにした髪の毛を揺らして、翔真に近づく。

「翔真君、秋雄君と美佳は？」

「灯台の近くの空き家に行ったよ。２人だけで」

「あ…………」

若英の表情が一瞬で曇った。秋雄が人を殺さない選択をしたことに気づいたのだろう。

「じゃあ、美佳は王様ゲームの罰を…………」

「美佳がそれを望んだんだよ。恋人の秋雄を殺人者にしないために」

「…………もう、美佳が助かる方法はないのかな？」

若英の質問に、翔真は口をつぐんだ。

――秋雄が誰も殺さないのなら、美佳は罰を受けるしかない。そして、それを美佳も望んでいる。つまり、今回の命令で死ぬのは、美佳で確定しているんだ。

翔真が井戸の中で死にそうになっていた時、助けてくれたのは美佳と邦友たちだった。そんな、命の恩人の美佳を救えない自分の無力さに怒りを覚えていた。

——俺は大切な仲間を助けることができないのか？

【8月8日（金）午前2時11分】

紅島館の第1会議室の中に、翔真たちは集まっていた。

「じゃあ、秋雄君は僕たちを殺す気はないってことだね？」

永明が疑り深い目を翔真に向けた。王様ゲームが続いているせいか、永明の頬はこけていて、Tシャツの袖から出ている腕も前より細くなっているように見えた。

「ああ。恋人の美佳がそれを望んでいるからな。秋雄が王様ゲームの命令に従うとは思えない」

翔真はイスに座ったまま、かさついた唇を動かした。

「だから、今回の命令で死ぬのは美佳だけだよ」

「…………ふーん。それなら、安心していいか」

「安心している場合じゃないって」

理緒がイスから立ち上がって、目の前の長机を平手で叩いた。

「たしかに、秋雄君が誰も殺さない選択をしたのなら、私たちが死ぬことはない。でも、次の命令はどうするの？　龍義君の提案に王様は乗らなかったんだよ」

ホワイトボードの前にいた龍義の肩がぴくりと動いた。龍義はメガネの奥の目を血走らせて、両手のこぶしをぶるぶると震わせた。

「…………どういうことだ？　王様は捕まっても構わないって思っているのか？」

「それか、まだ、殺しても大丈夫と考えているのかも」

第1会議室の中を見回しながら、理緒は腕を組んだ。

「翔真君の言うことが本当なら、今回の命令で死ぬのは美佳だけね。つまり、あと19人の王様候補が残ることになる」

「そんなバカなっ！」

龍義は声を荒らげた。

「誰が王様かわからないけど、これ以上、王様ゲームを続けるのは自殺するのと同じだぞ。台湾だけじゃなく、日本や韓国の警察も動くし、逃げ切るなんて不可能だ。とにかく、次の命令は絶対に出さないように」

「無駄だ」

窓際にいた海峰が龍義の発言に言葉を重ねた。

「王様はまだまだ人を殺したいようだ。きっと、次の命令も来るだろう」

全員の視線が海峰に集中する。海峰は切れ長の目を僅かに細くして、端整な唇を動かす。

「今度の命令の内容からも、王様が俺たちの中にいるのは間違いないだろう。秋雄と美佳が恋人なのを知っているってことだろうしな」

「じゃあ…………」

「そうだ。王様はこの中にいる！」

一瞬で周囲の空気が冷えた。多くの者の顔が強張り、怯えた瞳を左右に動かす。

翔真は自分の心臓の音が速くなるのを感じた。

——海峰の言う通りだ。王様が俺たちの中にいる可能性は高い。つまり、この会議室の中に王様がいるんだ。

視線の先に海峰がいる。海峰は黒のTシャツにデニム製のジーパンを穿いていた。他の者と服装の違いはほとんどないが、美形で足の長い海峰が着ていると、ファッション雑誌に掲載されている男性アイドルのように見える。

——海峰が王様の可能性は低い気がする。たしかに、こいつは冷静すぎるし、人を殺すことにも躊躇がない。だけど、台湾の至宝とまで呼ばれた天才が、王様ゲームを始めるとは思えない。それなら………。

翔真の視線が、長机の上に足を投げ出しているグハンに移動する。グハンは口元に笑みを浮かべたまま、右頬にある傷跡に触れている。多くの者が、今の状況に不安を感じていたが、グハンにはそれがないようだ。

——グハンは海峰よりも攻撃的だし、恐怖心もない。危険な奴なのは間違いないけど、王様っぽくはない。こいつがシリアルキラーなら、もっと直接的に人を殺すんじゃないか？

「ねぇ、海峰君」

志玲がイスから立ち上がって海峰に近づいた。艶のある黒髪が背中まで伸びており、デニム製の短パンから伸びる足はモデルのように長い。

志玲はグロスを塗った唇を動かした。

「海峰君は、誰が王様だと思っているの？」

「それがわかっていれば、そいつを拘束して、王様ゲームを終わらせている」

「台湾の至宝の海峰君にも、わからないことがあるんだ？」

「王様はどこかに隠しているスマホか携帯電話で、ナノクイーンのプログラムが入ったパソコンに命令を送っているんだろう。つまり、普通の殺人事件のように、アリバイは無意味だ。サイバー犯罪に詳しい警察組織が時間をかければ、王様が誰かはわかるだろうがな」

「それじゃあ、私たちに王様を見つけるのは不可能ってことじゃない！」

志玲の整った眉が吊り上がった。

「なんとか、王様ゲームを終わらせる手段はないの？」

「…………王様の可能性がある者を監禁するしかないだろうな」

「監禁？」

「そうだ。王様は状況によって、命令の内容を変えているはずだからな。それなら、身体検査をした後、ずっと監禁しておけば、命令を出すことは不可能になる」

「それ、いいじゃん。やろうよ。悠人君を監禁すればいいんでしょ？」

「ちょっと待ってよ！」

悠人がばたばたと両手を左右に振った。

「また、僕を王様扱いするの？」

「だって、私はあなたが王様だと思っているから。現実に王様ゲームにかこつけて、志強君を殺したしね」

「だからぁ、あれは王様候補を減らすためだって」

悠人はぷっと頬を膨らませた。中性的で整った顔立ちが子供のように見えた。

「それにさー、王様候補なら、僕よりも怪しい人物が何人もいるよ」

「へーっ、それって、誰よ？」

「一番王様っぽいのは、ジュノ君かな」

悠人はドアの前にいる痩せた少年を指差した。

「ジュノ君はパソコンに詳しいからね。そして、王様もパソコンに詳しいはずだよ」

「僕は王様じゃない！」

ジュノが細い手で長机を叩いた。

「それに、ナノクイーンのプログラムはパソコンに慣れていない者でも操作できるようになっているって、ネットの記事で読んだことがあるよ。パソコンが得意なんて、関係ないよ」

「いやいや。ナノクイーンに関してはそうだけど、僕が気になっているのは、王様に殺された佐緒里先生のことなんだよね」

「佐緒里先生？」

「うん。たしか、佐緒里先生がケルドウイルスとナノクイーンをフランスのテロ組織に売ろうとしてたんだろ？　それを、どうして、王様は気づいたのかな？」

そこにいる全員に問いかけるように、悠人は言った。

「僕は王様が、なんらかの方法で佐緒里先生のメールを見たんじゃないかなって思っているんだ。そして、この紅島で王様ゲームをやることを思いついた。つまり、王様は佐緒里先生のメールを覗くことができる知識を持っているってことだろ？」

「そっ、そうかもしれないけど、パソコンやスマホのメールを覗くなんて、たいして難しいことじゃないよ。そういうソフトやアプリもあると思うし、そんなものを使わなくても、パスワードがわかれば、誰だって他人のメールを覗けるから」

ジュノの額に浮かんだ汗が、照明の灯りに照らされて輝いている。

「とにかく、パソコンに詳しいだけで、王様扱いされるのは心外だよ」

焦っているジュノの姿を見て、翔真は美美先生の言葉を思い出す。

――美美先生は、ジュノが子供の頃に小動物を殺していたって言ってた。そして、それはシリアルキラーの特徴の1つらしい。それなら、ジュノが王様の可能性もある。

「それなら、2人とも監禁したら」

海音が少年のような声で言った。翔真の視線が海音に移動する。海音は背が高く、すらりとした体型の女だった。髪は短く切っており、鼻筋の通った顔は美形の男のようだ。

海音は切れ長の目で、悠人とジュノを交互に見る。

「悠人君もジュノ君も王様かもしれないって、みんなから思われているのは理解しているよね？ここで、そうじゃないって、証明してみたら」

「証明？」

ジュノが海音に視線を向ける。

「僕と悠人を監禁して、王様ゲームのメールが来ないかどうかを確認するってこと？」

「うん。それで、次の命令が来たら、あなたたちが王様じゃないと証明できるし、あなたたちにとっても、悪いことじゃないでしょ？」

「それは…………そうだけど…………」

「悠人君はどう？　あなたが疑っているジュノ君も監禁するのなら文句ないでしょ？」

「うーん…………」

悠人がうなり声をあげて、とんとんと自分の頭を叩く。

「まあ、僕は王様じゃないから、監禁されても問題はないけど」

「決まりね。それなら、2人をどこかの部屋に…………」

「待ってくれ」

龍義が片手を上げた。

「それなら、もう1人監禁したい人物がいる」

「もう1人？」

「ああ。僕は邦友が王様だと思っているからね」

その言葉に、全員の視線が、翔真の隣にいた邦友に集まった。

邦友は眉間に深いしわを刻んで、ふっと息を吐き出した。

「龍義、俺を王様だと思っている理由は、論文のせいか？」

「………そうだ」

龍義はきっぱりと答えた。

「邦友は高校生の論文コンクールで、ケルドウイルス関係の論文を書いていた。しかも、その論文は高評価を受けていたな。高校生とは思えないほど、綿密に調べてあったと」

第1会議室の中が、ざわついた。

「おい、龍義。それって、マジかよ?」

「ああ。ネットで調べれば、すぐに本当だとわかるよ」

克也の質問に答えながら、龍義は言葉を続けた。

「邦友、僕が君を疑う理由はわかってくれたと思う。だから、君も悠人とジュノと一緒に監視させてもらえないか」

「………わかった」

「おいっ、邦友」

翔真が邦友の肩を掴んだ。

「お前、王様じゃないのに監禁されていいのか?」

「それを全員に証明するために、監禁されるんだよ」

邦友は翔真から龍義に視線を戻す。

「ただ、監禁される時間は、明日………いや、今日の夜の0時までにしてくれ」

「ずっと監禁されるのは困るってことかい?」

「俺は、自分が王様じゃないとわかっている。悠人とジュノはわからないが、それ以外の奴が王様の場合、命令は必ず来るし、監禁されていたら、クリア不可能な命令かもしれない」

「あー、そうだね」

悠人がうんうんとうなずいた。

「命令によっては、監禁されている僕たちが不利になる。だから、部屋に閉じ込めるのはやめて欲しいな。カギは開けっ放しにしておいて、出入りは自由にしてもらわないと」

「それじゃあ、監禁にならないな」

龍義がメガネの奥の目を光らせた。

「出入りを自由にしたら、意味がないだろ？　どこかに隠してあるスマホか携帯電話で、命令を送るかもしれない」

「部屋から出る時は監視してもらって構わないよ。極力、僕も出歩かないようにするからさ」

「…………わかった。こちらとしても、君たちが王様でないことがわかればいいからな」

「僕は王様じゃないけど、ジュノ君と邦友君のどちらかが王様だったらいいね。もし、そうなら、彼らが監視されている限り、命令は届かないことになるから、王様ゲームは終わりになる。ハッピーエンドってやつだよね」

「もう、20人以上も人が死んでいるんだ。これで王様ゲームが終わっても、ハッピーエンドにはならないさ」

「あははっ！　たしかに、そっか」

悠人は甲高い笑い声を上げて、ぺろりと舌を出した。

【8月8日（金）午後4時25分】

翔真が階段を上がると、2階の廊下に永明がいた。永明はドアの前にイスを置いて座っており、足元には数本のペットボトルが転がっていた。

翔真が近づくと、永明がイスから立ち上がった。

「翔真君、邦友君に会いにきたのかい？」

「…………ああ。別に問題ないだろ？　カギもかけてないはずだしな」

「うん。でも、今はやめたほうがいいよ。邦友君は眠っているから」

「眠っている？」

「さすがに疲れたんだろうね。さっき、確認したから間違いないよ」

「ジュノと悠人は？」

「2人とも、シャワーを浴びているよ。龍義君と克也君の監視つきだけど」

「そうか…………」

ぼんやりとドアを眺めている翔真を見て、永明の薄い唇が動いた。

「どうして、翔真君は邦友君を信じているの？」

「信じる？」

「第1会議室で言ってただろ？　邦友君は王様じゃないって」

「あ、ああ。俺は邦友から論文のことを聞いていたしな。それに、邦友が王様なら、俺を助けるわけないだろ？　あいつは、何度も俺を助けてくれた。あいつが王様でシリアルキラーなら、人が死ぬところを見たいはずだし」

「そんなことで、邦友君を信じていたんだ？」

　永明は呆れた顔になった。

「君は単純すぎるよ。邦友君が王様でも、君は殺されないさ」

「なんで、断言できるんだよ？」

「仲間を作るためだよ」

「仲間？」

「うん。正直、君は王様にとって魅力的なんだよ。単純で正義感が強くて、仲間を守ろうとする意志も強い。そんな翔真君に信じられたら、王様は自分が殺される心配をせずに、王様ゲームを楽しむことができる」

「楽しむ………」

　翔真の声が掠れる。

「翔真君、僕は君が王様じゃないと思っている。もちろん、絶対にじゃないけどね。君の性格は、王様のタイプとはかけ離れている気がするから。トンハ君も違うな。あいつは食い物と女のことばっかり考えているし。でも、邦友は王様っぽいんだよ。頭がいいし、仲間を大切にする君の友人ポジションを手に入れている。それが、計算な気もするんだ」

「違う！　邦友は王様じゃない！」

「それは、君がそう信じたいだけだよ」

　永明は肩をすくめる。

「まあ、この監視作戦で、王様ゲームが終わるかもしれないけどね。邦友君、ジュノ君、悠人君が王様なら…………だけど」

「ジュノか悠人が王様か…………」

「あれ？　そっちは王様じゃないって言わないんだね？」

「…………正直、俺にはわからないよ。ジュノと悠人も怪しく見えるけど、王様じゃないと思いたい」

「思いたいねぇ。でも、あの２人が王様じゃないのなら、監視されていない僕たちの中に王様がいるってことだよ」

「他の奴が王様か…………」

　翔真のつぶやきに、永明の目が針のように細くなる。

「翔真君…………君は僕が王様かもって思っているのかもね。僕はクジ引きという方法だったけど、イェジンを殺したから。でも、悠人君みたいに、積極的に殺したわけじゃない」

「いや、お前は罰を受ける女を選んでいた時、楽しんでいたじゃないか？　女の服を脱がそうとしていたのを、俺は覚えているぞ」

「あれは、やりすぎたと思っているよ。おかげで、多くの女子に嫌われちゃったし」

永明は綺麗に揃った前髪に触れる。

「こんな状況なら、君が僕を疑うのは仕方ないけど、証拠もないのに、王様扱いは止めて欲しいな。そんなことで、殺されるのはイヤだしね」

「王様でも殺す気はないよ。捕まえて、命令を送らせないようにすればいいだけだからな」

「へーっ、その程度で許すつもりなんだ？」

「許すつもりはないけど、王様を裁くのは俺じゃない」

「………なるほどね。まあ、僕たちが殺さなくても、王様が捕まったら死刑になるのは間違いないさ。たとえ、未成年でもね」

そう言って、永明は鋭い視線を邦友が眠っている部屋のドアに向けた。


1階に下りると、シャワー室の前に海音と雪菜の姿があった。

「あっ！」

雪菜は肩まで伸ばしている茶色の髪の毛を揺らして、翔真に駆け寄った。

「翔真君、ちょっと散歩しようよ」

「散歩？　でも、海音と話していたんじゃないのか？」

「いいから、つき合って！」

雪菜は強引に翔真の手を掴み、歩き出す。

「わ、わかったから、そんなに引っ張るなよ」

ちらりと振り返ると、海音が翔真を見つめている。その視線に敵意のようなものを感じて、翔真の顔が強張った。

翔真と雪菜は海岸に続く道を並んで歩いていた。既に周囲の景色はオレンジ色に変わっていて、海から吹く風が周囲の木々をざわざわと揺らしている。

「助かったよ、翔真君」

雪菜は風になびく髪の毛を整えながら、桜色の唇を動かした。

「助かった？　何かあったのか？」

「いや、海音に誘われていたんだ。一緒にチームを作ろうってね」

「チーム？」

「うん。王様じゃないって思う女子に声をかけているみたい。命令によっては、チームで行動しているほうが有利だからね」

「つまり、雪菜は、海音から王様じゃないって、思われたんだな」

「それだけじゃないけどね」

「それだけじゃない？」

翔真の質問に、雪菜の頬が僅かに赤くなった。

「実は、海音って、女の子が好きみたいなの」

「えっ？　女の子が好きって、もしかして………レズってことか？」

「う、うん。だから、女子だけのチームを作りたいんだよ。今は萌華が海音のお気に入りみたいだけど、もっと、女子を集めたいみたいだね。あ…………私は、そういう趣味はないからね」

「海音はハーレムを作りたいってことか…………」

翔真はうなり声を上げた。

「たしかに、海音は美形の男っぽい顔立ちと体型しているからなー。宝塚の男役みたいだし、女にも人気がありそうだよ」

「私以外にも、ジンシルに声をかけているみたい。ジンシルはスタイルがよくて、美人だからね。海音が好きそうなタイプだよ」

「そういえば、萌華も子供っぽいけど美人だよな。お前もかわいいし」

「…………ふーん、もしかして、かわいい私たちを狙っているの？」

「あっ、ち、違うって！」

ばたばたと両手を左右に振る翔真を見て、雪菜は笑い出した。

「冗談だよ。でも、翔真君に告白されたら、嬉しいかも…………」

「嬉しい？」

「翔真君は、教会で美美先生と土水さんから私を助けてくれたでしょ？　あの時、すごく、かっこよく見えたし」

「あの時は、お前を連れて逃げただけだよ。結局、土水さんも海峰が倒しちまったし」

「ううん。私が今、生きているのは翔真君のおかげだよ。だから、私…………」

その時、翔真のスマートフォンが着信音を鳴らした。
翔真はスマートフォンの画面を確認する。
そこには、【坂本秋雄】という名前が表示されていた。

【8月8日（金）午後5時48分】

細い山道を登りきると、開けた場所に秋雄がいた。

秋雄は垂直に切り立った崖の先端から、沈んでいく夕陽を眺めている。

「秋雄……………」

翔真が背後から声をかけると、秋雄が振り返った。

「おう、翔真。来てくれたのか？」

「……………お前が呼び出したんだろ？」

翔真はゆっくりと秋雄に近づいた。

「どうして、こんなところに呼び出したんだよ」

「お前と2人だけで会いたかったからさ」

「俺と会いたいって、美佳はいいのか？」

「美佳は眠っているよ。お前に電話するまで、ずっと起きていたから」

秋雄は美佳のことを思い出したのか、ふっと頬を緩める。

「やっぱり、俺は美佳のことが好きだよ。料理も美味いしな」

「料理？」

「サンドイッチを作ってくれたんだよ。焼いたハムとキャベツの千切りをパンに挟んであるんだけど、特製のタレが甘辛くて美味いんだ。お前にも食わせたかったな」

「たしかに、美味そうだな」

「おう！　シンプルだけどさ、キャベツの量も絶妙なんだよ。花妹さんの料理も美味かったけど、俺は、やっぱり美佳のサンドイッチが最高だな。だけどさ……」

「だけど？」

「………だけど、もう、食えないんだよ」

夕陽でオレンジ色になった秋雄の頬を涙が伝う。

「あと6時間ちょっとで、美佳は王様ゲームの罰を受けることになる。俺が誰も殺さないのなら、美佳は死ぬんだ」

「秋雄………」

「俺は何度も美佳に言ったよ。誰かを殺そうってな。でも、あいつは俺が人を殺すことを認めてくれないんだよ。彼氏を人殺しにしたくないって、泣くんだよ」

「そうか………美佳は本当にお前を好きなんだな」

深く息を吐き出して、翔真はまぶたを閉じた。

――秋雄が誰かを殺せば、美佳は助かる。でも、美佳は恋人の秋雄に人を殺させたくないんだ。たとえ、自分が死ぬことになっても………。

「なぁ、翔真」

秋雄は涙を流しながら、翔真を見つめた。

「お前なら、どうする?」

「ど、どうするって………」

「お前が俺の立場だったらだよ。お前は、恋人のために人を殺せるか?」

「………恋人がいない俺にはわからないよ」

数秒の間をおいて、翔真は答えた。

「でも、大切な人を守るために、誰かを殺す選択をするかもしれない」

「………そうだよな。誰だって、人にランキングをつけているってことだ」

「ランキング?」

「ああ。俺は美佳を一番大切にしたいと思っている。その次は親父とお袋で、その次がお前だ。お前とは長いつき合いだしな」

秋雄は右手の指を4本立てた。

「あとは、邦友とトンハだな。あいつらとは、この研修で知り合ったばかりだけど、俺の中でのランキングは高いよ」

「俺も、あいつらには何度も助けてもらったよ」

「そんな奴らでも、王様ゲームじゃ、殺す選択をしなければいけないんだ。一番大切なものを守るためにはな」

そう言うと、秋雄はポケットから折りたたみ式のナイフを取り出した。

翔真の目が大きく開く。

「あ…………秋雄…………」

「誤解するなよ、翔真。これは、お前に渡すために持ってきたんだ。もう、俺には必要のない物だからな」

秋雄はナイフを翔真に手渡した。

「美佳と一緒にいた時に見つけたんだ。お前には、必要になるかもしれない」

「ナイフがか？」

「そうだ。王様はまだ、王様ゲームを続けるつもりだろう。当然、生存者同士で争うことになる。その時に、武器はあったほうがいい。お前にとって大切な人を守るためにな」

「大切な人…………か」

「ああ。俺も一番大切な美佳を守ることにするよ」

「え…………？」

「安心しろって。俺は誰も殺さない。美佳との約束だからな。それでも、美佳を守る方法はあるんだ」

「だ、だけど、お前が誰かを殺さないと、美佳が罰を受けるんだろ？　それなら…………」

翔真の口が半開きのまま、止まった。

「…………ま、まさか、お前」

「気づいたみたいだな。俺が俺を殺せばいいんだよ」

秋雄は視線を崖の下に向ける。

「ここから飛び降りれば、下は岩だらけだ。海に飛び込むのと違って、確実に死ねるだろうな」

「ばっ、バカっ！　何を考えているんだ？　正気かよ？」

「もちろんだよ。俺が自殺すれば、美佳は助かる。そして、俺は美佳との約束も守ることができるんだ。そうだろ？」

「秋雄………」

「そんな顔するなよ。俺は喜んで自殺するんだぜ」

白い歯を見せて、秋雄は笑った。

「大切な恋人を守るために、自分の命を捨てるって、かっこよくねぇか？」

「………バカ野郎だよ」

「それは、俺にとっては褒め言葉だな」

目を伏せた翔真の肩に、秋雄は手を置いた。

「翔真。そんなバカ野郎の最後の頼みを聞いてもらえないか？」

「………最後の頼み？」

「おうっ！　俺が死んだらさ、美佳を守ってもらいたいんだ。王様ゲームはまだ続くだろうし、美佳が死んだら、俺の自殺の意味がなくなるだろ？」

「だけど………」

「頼む、翔真」

肩に置かれた秋雄の手に力が入った。

「俺の代わりに、美佳を守るって言ってくれ！」

「………………」

「頼むよ、翔真。そうでないと、俺は死ねないんだよ」

ぶるぶると秋雄の体が震えだした。その震えが翔真の肩に置かれた手から、伝わってくる。

——秋雄は覚悟を決めているんだ。恋人の美佳のために、自分を犠牲にすることを………。

翔真は深く息を吸い込んで、秋雄の視線を受け止めた。

「………わかった。美佳は俺が守る！」

「ありがとう、翔真」

秋雄の表情が和らいだ。

「これで、安心して死ねるよ」

そう言って、秋雄は翔真の肩から手を離し、姿勢を真っ直ぐに伸ばした。

「後は頼むぞ」

「だっ、だけど、まだ、時間が………」

「いいんだよ。時間が経つと、決心が鈍るかもしれないからな」

秋雄の足元から、パラパラと小石が崖の下に落ちていく。

「………うん。下まで10メートル以上はあるな。これなら、間違いない」

「秋雄………」

「じゃあな、美佳に愛しているって、伝えてくれ！」

秋雄は微笑みながら、右足を前に出した。一瞬で、秋雄の姿が翔真の視界から消える。

「あ、秋雄っ！」

翔真が叫ぶと同時に、崖の下からぐしゃりと肉の潰れる音が聞こえた。

「あ…………」

翔真の足ががくりと折れ、両膝が地面についた。

「…………秋雄、お前…………これで、よかったのか？」

翔真の視界がぼやける。

——たしかに、これで美佳は助かる。お前はそれで満足かもしれないけど、俺は悲しいよ。お前とは同じ高校で、ずっと仲良くやってたからな。

翔真は無残な親友の姿を見たくなくて、崖の下を覗くことができなかった。

【8月8日（金）午後8時14分】

壊れかけた民家のドアを開くと、リビングから光が漏れていた。翔真は薄暗い廊下を移動して、リビングに入る。

リビングのソファーの上には美佳が眠っていた。ソファーの横のテーブルの上には古いランプが置かれている。そのランプの灯りが、美佳の寝顔を照らしている。

翔真は音を立てずに美佳に近づき、彼女の肩に触れた。

「美佳………」

「ん？　秋雄君…………」

美佳は目をこすりながら、上半身を起こした。

「ごめん………いつの間にか寝てて…………」

「俺は秋雄じゃないよ」

「え？　あ………翔真君！」

大きく開いた口元を押さえて、美佳は翔真を見上げた。

「どうして、ここに？　もしかして、秋雄君に会いにきたの？」

「違うよ。美佳に会いに来たんだ。話したいことがあったから」

翔真は暗い声で答えた。

「そうなんだ。じゃあ、秋雄君も…………あれ？」

美佳はきょろきょろと辺りを見回した。

「秋雄君、どこにいるの？　翔真君が来てくれたよ」

「…………秋雄はいないよ」

「そんなことないよ。だって、秋雄君は私の側にずっといてくれるって約束してくれたから」

美佳はソファーから立ち上がって、大声で秋雄の名前を何度も呼んだ。

その姿を見て、翔真の顔が歪んだ。

「美佳…………秋雄は死んだよ」

「え…………？」

電池の切れたオモチャのように、美佳はその動きを止めた。

「な、何、言ってるの？　翔真君」

「秋雄は死んだんだよ」

「…………な、なんで？」

「お前を助けるためだよ。美佳」

両手のこぶしを震わせて、翔真は言った。

「秋雄は自殺したんだ」

「自殺？」

「そうすれば、秋雄は自分を殺したことになって、お前が助かると思ったんだよ」

「あ…………」

ランプの灯りに照らされた美佳の顔が強張った。

「う…………嘘だよね？」

「…………本当だよ。俺の目の前で秋雄は崖から飛び降りた。お前との約束もこれで守れるってな。秋雄を殺人者にしたくなかったんだろ？」

「…………」

「秋雄から、お前に伝言があるよ」

「伝言？」

「『愛している』ってさ」

その言葉を聞いて、美佳の両足が震えだした。その震えが体全体に広がっていく。

「ど…………どうして？　私が死ぬはずだったのに…………」

「秋雄にとって、お前は命より大切だったんだよ」

「命より…………」

「ああ。だから、あいつは笑って崖から飛び降りたよ。きっと、お前の命を救うことができて、嬉しかったんだろうな」

「あ…………」

大きく開いた美佳の瞳が湖面のように揺らめいた。

「…………おかしいよ。なんで、秋雄君が死ぬの？　私、そんなこと望んでない」

「美佳…………」

「私は…………うぐっ！」

美佳は両手で顔を覆って泣き出した。指のすき間から、涙が流れ落ちていく。

美佳を慰める言葉が思いつかず、翔真は唇を強く噛み締めた。

【8月8日（金）午後11時25分】

翔真と美佳が紅島館に戻ると、エントランスの前に若英がいた。翔真は美佳の手を握ったまま、若英に近づいた。

「若英、待っててくれたのか？」

「うん。秋雄君のこと、本当なの？」

「電話で話した通りだよ。秋雄は自殺した」

その言葉に、若英の整った眉が動いた。

「私の聞き間違いじゃなかったんだね。信じたくなかったよ」

「でも、事実だ。秋雄は俺の目の前で崖から飛び降りたからな」

「そう…………なんだ」

若英の声が低くなる。

「翔真君と秋雄君って、同じ高校だったんだよね？」

「ああ。大切な友達だったよ」

「大丈夫？　翔真君」

「俺よりも、美佳のほうがな」

翔真は手を握っている美佳に視線を向けた。

美佳の表情は蒼白で、唇だけが僅かに動いている。

若英は美佳の両肩に手を置いた。

「美佳、大丈夫?」

「………」

「美佳………美佳っ!」

「反応がないんだ」

美佳の代わりに、翔真が答えた。

「ここに戻って来る時も、秋雄の名前だけをつぶやいているんだよ。俺の声が聞こえていないみたいだ」

「恋人の秋雄君が死んでショックなんだね」

何の感情も見られず、ぼんやりと立っている美佳を見て、翔真の心が痛んだ。

——秋雄に、美佳を守ってくれって頼まれたのに………。

若英が翔真のTシャツを掴んだ。

「翔真君、美佳が元気になるまで、私が面倒を見るよ」

「若英が?」

「うん。女の子同士のほうが、こういう時はいいと思うから」

「………そうだな。ずっと、俺が美佳と一緒にいるわけにはいかないか」

「うん。もちろん、新しい命令が来た時は、美佳を守ってあげて」

「わかってる。美佳も若英も俺が守るよ」

「私も？」

「当たり前だろ？　若英は俺たちの仲間だからな」

翔真は言葉に力を込めた。

「美佳も若英も邦友もトンハも俺の大切な仲間だ。絶対に俺が守るよ。たとえ、どんな命令が来たとしても」

「翔真君………」

照明に照らされていた若英の顔が赤くなる。

「ありがとう。男の子に守るなんて言われたの初めてだから、嬉しかったよ」

瞳を潤ませて自分を見つめる若英の姿に、翔真の頬も熱くなった。

命令7

【8月8日（金）午後11時55分】

2階に行くと、邦友たちを監禁している部屋の前に龍義と愛理がいた。

龍義は翔真を見て、メガネの奥の目を細めた。

「邦友に会いに来たのかい？」

「ああ。もうすぐ、0時だからな」

「言っておくが、もし、命令が来なかったら、彼らの監禁時間は延長されるからな」

「おいっ！　そんな話は聞いてないぞ！」

「当然のことだから、言わなかっただけだよ」

龍義はバカにしたような顔で、翔真を見つめる。

「この状況で命令が来ないのなら、監禁していた邦友たちの中に王様がいる可能性が高い。つまり、彼らの監禁を続ければ、僕たちは研修の最終日まで生き残ることができるんだ」

「………邦友たちを王様と思わせるための作戦かもしれないぞ」

「それでもいいじゃないか。命令が来ないのなら、こっちは万々歳さ」

「それは………」

翔真は口をもごもごと動かした。

「たしかに、そう………だけど」

「邦友たちも納得すると思うぞ。もし、彼らが王様でなければな。自分たちが監禁されることで、命令が来ないことを喜ぶはずだ。こちらは、食事もちゃんと提供するし、外出も監視つきだけど、認めているのだから」

そう言って、龍義は足元に置いてあるプラスチックケースを見た。そこにはスマートフォンが3台入っている。どうやら、邦友たちのスマートフォンのようだ。

「もし、彼らの中に王様がいたら、焦っているだろうね。ここで命令が来ないのなら、当然、監視も厳しくなる。きっと、王様ゲームを続けたことを後悔しているよ」

「龍義は邦友が王様だと、まだ思っているのか？」

「もちろんだよ。だから、君は僕に感謝すべきだ」

「感謝？」

「僕が邦友を監禁しようと提案したから、王様ゲームは終わることになるんだ」

「それは、まだ、わからないだろ？　絶対に終わるとは限らない」

「まあね。ただ、邦友と悠人とジュノの誰かが王様の可能性が高いのは事実だと思う………」

突然、翔真たちのスマートフォンが同時に着信音を鳴らした。

廊下にいた全員の顔が、凍りつく。

「まさか………」

龍義が慌ててスマートフォンを取り出す。

翔真もポケットからスマートフォンを取り出して、液晶画面を確認した。

【8／9土00：00　送信者：王様　件名：王様ゲーム　本文：これは紅島にいる者全員で行ってもらう王様ゲームです。王様の命令は絶対なので、24時間以内に必ず従って下さい。※途中棄権は認められません。＊命令7：個別に命令を送る。その命令をクリアできない者に罰を与える。＊天海翔真への命令：天海翔真は3人の女とキスしろ。END】

「き、キスって………」

翔真は頬を赤くして、顔を上げた。目の前で龍義が手元のスマートフォンを凝視している。

「龍義、お前の命令は何だ？」

「………あ、ああ」

龍義は命令が来たことにショックを受けているのか、小刻みに震える手でスマートフォンの画面を翔真に見せた。

そこには、繁体字で命令が表示されている。

「繁体字は読めないんだけど………」

「『張龍義は8時間以内に、50キロメートル以上走れ』と書いてあるよ。どうやら、僕の命令は24時間以内じゃなくて、8時間でクリアしないといけないようだ」

「50キロ………」

「フルマラソンより長い距離になるな。一般的には、6時間ぐらいでクリアできるはずだが、僕はマラソンが得意じゃないんだ」

「大丈夫かよ？」

「やるしかないだろ」

龍義は唇を歪めるようにして笑った。

「君はどんな命令なんだ？」

「俺のは、『天海翔真は3人の女とキスしろ』だ」

「ははっ、それは楽で羨ましい命令だな」

「楽じゃねぇよ！」

翔真は反論した。

「女とキスだぞ？　しかも、3人って、どうやって頼むんだよ？」

「それは、君が仲良くしている女子に頼めば大丈夫さ」

「だっ、だけど…………」

その時、ドアが開き、邦友が廊下に出てきた。

「翔真…………お前もいたのか？」

「あ、ああ。今、新しい命令が…………」

「来たみたいだな」

邦友は足元に置かれていたプラスチックケースから、自分のスマートフォンを取り出し、液晶画面を確認した。

「なるほど…………今度は個別の命令ってことか」

「お前はどんな命令だったんだ？」

「『楊邦友は誰かの首を切断しろ』だよ」

「首を切断って…………」

「…………シリアルキラーの王様らしい命令だな」

「あっと、やっぱり命令が来たみたいだね」

ドアの前にいた邦友の背後から、悠人が顔を出した。その背後にはジュノの姿もある。

2人はプラスチックケースの中から、自分のスマートフォンを取り出した。

「…………ふーん、個別の命令か」

「悠人、お前の命令は何だよ？」

翔真の質問に、悠人はにんまりと笑った。

「楽勝な命令だよ。『吉村悠人は自分の血を400ミリリットル抜き取れ』だって」

「自分の血を抜く命令か…………」

「400ミリリットルなら、普通の献血と同じだよ。問題は清潔な注射器があるかどうかだけど、まあ、なんとかなるよ」

「ジュノの命令は何だ？」

「僕のは『ソ・ジュノは自分の左手の小指の爪を剥がせ』だよ」

ジュノが青白い顔で答えた。

「やるしかないな。王様ゲームの罰を受けて死ぬよりましだし」

「…………なるほどね」

悠人がうんうんとうなずきながら、龍義に視線を向けた。

「龍義君、とりあえず、これで僕と邦友君とジュノ君が王様じゃないことが証明できたよね？

僕たちの行動は、ずっと君たちが監視していたんだから」

「…………たしかに、君たちが王様の可能性は低くなった」

「低く？　なくなったじゃないの？」

「断言はできない」

そう言うと、龍義は悠人に背を向けた。

「今は王様が誰かを推理する時間じゃない。自分の命令をクリアすることが最優先だ」

「そういうことだね。僕も注射器を探しに行くかな」

悠人が面倒くさそうな顔で頭をかいた。

【8月9日（土）午前0時45分】

翔真と邦友は、食堂でトンハ、若英、美佳と合流した。

「トンハ、お前の命令は何だ？」

「これだよ」

トンハは持っていたスマートフォンの画面を翔真に見せた。

「あ………ハングルはわからないか。『チャン・トンハは全長30センチ以上の魚を釣り上げろ』って、書いてある」

「30センチ以上か………」

「釣り道具はあるから、魚は釣れると思うけど、問題は大きさだよな。30センチ以上はなかなかの大物だよ。まあ、やるしかないけど」

「若英の命令は？」

「えーと、私の命令は………」

若英は持っているスマートフォンの画面を見ながら、唇を動かした。

「『黄若英は蝶を10匹生け捕りにしろ』だよ」

「蝶？　蝶って、この島にいるっけ？」

「何種類かいるよ。カラスアゲハとか、タイワンモンシロチョウとか」

「それなら、若英もなんとかなるか。俺たちも手伝えると思うし」

「私が生け捕りにしないとダメなんじゃないの？」

「いや、俺たちが蝶を捕まえて、部屋の中に放せばいいんだ。それを、若英が捕まえればいい。トンハも同じ手が使えるかもな。まあ、本人が普通に捕まえたほうが確実だろうけど」

翔真は視線を美佳に向けた。

「美佳………お前の命令は何だ？」

「………」

「美佳？」

「………」

美佳は翔真の質問に答えなかった。唇を半開きにしたまま、視線を漂わせている。今の状況に、全く興味がないようだ。

若英が翔真の腕をつついた。

「翔真君、美佳の命令は私が確認したよ。私、日本語も読めるから」

「どんな命令だった？」

「『小松崎美佳は死んだ者の体に触れろ。ただし、本日中に死んだ者の体に限る』だよ」

「本日中？　これから誰かが死なない限り、クリアできないじゃないか？」

翔真の額に冷たい汗が浮かんだ。

――このままじゃ、美佳は個別の命令をクリアできなくて、罰を受けることになる。秋雄に美佳は俺が守るって約束したのに…………。

　邦友が翔真の肩を叩いた。

「とにかく、やれる命令をクリアしていこう」

「お前の命令は、『誰かの首を切断しろ』だったよな？」

「ああ。だけど、俺の命令は過去に死んだ者の首を切断しても問題ないはずだ。正直、やりたくはないけど、自分の命を守るためには仕方がない」

「…………そうだな。死んだ人たちには悪いけど、やるしか…………ないか」

　翔真は苦悶の表情を浮かべる。

　――邦友が生き残るためには、誰かの首を切断するしかない。それなら、死体の首を切ることが正しい選択なんだ。生きている者を殺すわけにはいかないし。

「誰の首を切るつもりなんだ？」

「…………土水さんにするよ」

　邦友は抑揚のない声で言った。

「土水さんは、自分が生き残るためにユンジンの首を切ったからな。それを言い訳にするつもりはないが…………」

「わかった。土水さんは俺が埋めたから場所はわかっている。地図を書くよ」

「頼む。どうせやるのなら、さっさと終わらせたいからな。そして、お前たちの命令をサポートするよ」

「そういえば、翔真の命令は何だ?」

トンハが翔真に質問した。

「俺が手伝えそうな命令なら、手を貸すぞ」

「いや、お前に手伝ってもらえるような命令じゃないから」

翔真は慌てて首を左右に振る。

「とりあえず、みんなは命令をクリアしてきてくれ。その間、俺が美佳の側にいるから」

そう言って、翔真はぼんやりと立っている美佳を見つめた。

【8月9日（土）午前5時52分】

「キスか………」

紅島館の屋上で、翔真はため息をついた。隣を見ると、美佳が遠くの海を眺めている。その瞳には力がなく、何の意思も感じられない。

――誰かに頼むにしても、美佳はダメだな。美佳は秋雄の彼女だし………。

「となると………やっぱり、若英か」

翔真は二つ結びの髪型をした少女の顔を思い出す。

――若英は蝶を捕まえに行っているから、戻ってきたら頼んでみるか。多分、若英なら、助けてくれるはずだけど、問題は残り2人だ。

「土下座してでも、誰かに頼むしかないな………」

その時、背後の金属製のドアが開く音がした。振り返ると、理緒と克也がいた。理緒が驚いた顔で翔真に近づく。

「あれ？　翔真君、どうして、屋上にいるの？」

「そっちこそ、なんで屋上に来たんだよ？」

理緒の質問に、翔真は質問で返した。

「そりゃ、自分の命令をクリアするためだよ。まあ、私の命令をやってくれるのは、恋人の克也君だけどね」

「恋人？　克也がか？」

「うん。翔真君より、頼りになりそうだし」

理緒はそう言って、スマートフォンの画面を翔真に見せた。

【高橋理緒は紅島館の屋上のへりを一周しろ。ただし、その命令は他の者が代行してもいい】

「他の者が代行してもいい？　そんな命令があるのか？」

「みたいだね。そして、克也君が私の代わりに、この命令をクリアしてくれるって」

「そういうことだ」

克也が理緒の肩に手を回した。

「文句ないよな？」

「…………ああ。別に理緒が誰と恋人になっても、俺には関係ない」

翔真は強い口調で言った。

「それより、克也。屋上のへりなんか歩けるのか？　下はほとんどがコンクリだし、この高さでも落ちたら死ぬかもしれないぞ」

「運が悪ければ…………な」

克也は翔真から離れて、屋上の端に移動した。へりの幅を確かめて、唇の端を吊り上げる。

「よし！　このぐらいの幅があるのなら楽勝だ。今は風もないし、いけるぜ」

「ありがとう、克也君」

理緒が克也の耳元に唇を寄せた。

「多分、私でもクリアできると思ったけど、克也君のほうが運動能力あるから」

「ああ。その代わり、俺の命令も手伝ってもらうからな」

「わかってるよ。恋人同士なんだから、それは当たり前だし」

「おいっ！」

翔真が克也に声をかけた。

「お前の命令って、何だよ？」

「俺の命令は『城之崎克也はキム・グハンを殺せ』だよ」

「グハンを殺せだって？」

「ああ。それで、あいつを殺そうと、ずっとチャンスを狙っているんだが、さすがに隙がなくてな。だけど、女なら色仕掛けが使える」

克也は視線を理緒に向けた。

「グハンだって男だ。女と寝ている時には油断もするだろう」

「自分の恋人に、そんなことやらせるのかよ？」

「まずは自分の命が最優先だからな。そうそう。お前を信じて喋ったんだから、グハンに密告するんじゃねぇぞ。無関係のお前にとっちゃ、どっちが死んでも関係ないことだからな。それとも、俺と組んで、グハンを殺さねぇか？　同じ日本人同士だし、仲良くしておこうぜ」

「そんなの関係ないな」

翔真はきっぱりと言った。

「日本人でも韓国人でも台湾人でも、俺は自分が助けたい奴を助ける！」

「…………ふん。まあ、俺の邪魔をしないなら、どうでもいいか」

克也は軽快な身のこなしで、へりの上に立った。

「じゃあ、さっさと理緒の命令からクリアするか」

両手を広げて、克也はへりの上を歩き始める。克也の表情は引き締まっており、唇は色を失っている。一歩、足を前に踏み出す度に、克也の上半身が揺れた。

そんな克也を見ている翔真の首筋から、汗が流れ落ちる。

翔真は粗暴な克也を好ましく思っていなかったが、彼に死んで欲しいとは思っていなかった。

「おいっ！　気をつけろよ。そろそろ、角だぞ」

「わかってるって。ちゃんと見えてるさ」

克也は右頬を引きつらせて笑った。

「まあ、この幅なら俺が落ちることはねぇよ」

そう言うと、克也はひょいとへりの角に立ち、方向を変えた。金色の髪の毛が揺れ、銀製のピアスが太陽の光に照らされて、キラキラと輝いている。

「さて、だいぶ慣れてきたから、さくさく行くか」

「気をつけてね、克也君」

理緒が心配そうな顔で、克也を見上げた。

「ちょっと風が吹いてきたよ」

「このぐらいなら、問題ねぇよ。度胸さえあれば、この命令はクリアできるからな」

克也はゆっくりとへりの上を歩き続ける。

数分後、理緒が「あっ！」と声を出した。

克也の動きがぴたりと止まる。

「どうした？　理緒」

「克也君、ちょっとそのままでいて。小さな石が足元にあるの」

「石？」

「うん。私が取るから」

理緒が克也に近づく。

「動かないでね、克也君」

「ああ。さっさと取ってくれ。でも、小さな石なら気にしなくていいぞ」

「ダメだよ。万が一があるんだから」

理緒は克也の横に立って、彼の足元に手を伸ばした。

「…………克也君、ありがとう」

理緒の唇が三日月の形に変化し、その手が克也の膝の側面を強く押した。

「うおっ！」

克也の体が斜めになり、両足がへりから離れた。

「克也っ！」

翔真は克也に駆け寄りながら手を伸ばす。しかし、その手が克也の体を掴む前に、彼の姿が屋上から消えた。

ドンと何かがぶつかったような音が聞こえた。

へりから下を覗くと、克也の歪んだ顔が見えた。克也の胸から金属製の柵の先端が突き出している。克也の着ているグレーのTシャツが、みるみる赤く染まっていく。

ぱくぱくと動いていた克也の唇が半開きのまま停止した。極限まで開いた両目はまばたきをすることなく空を見つめている。

「そんな……………」

「よし！　上手くいったよ」

隣で下を覗いていた理緒が、唇を動かした。

「上手く………………いった？」

翔真は理緒の手首を掴んだ。

「どういうつもりだよ？　克也はお前の命令をクリアしようとしてたんだぞ」

「違うよ。私の命令は、屋上のへりを一周することじゃないから」

「違う？」

「うん。私の本当の命令は『高橋理緒は12時間以内に男を1人殺せ』だよ」

理緒はぺろりとピンク色の舌を出す。

「でも、女の私が男を殺すのは、ちょっと大変なんだよね。それで、スマホの命令を書き換えて、新しい恋人の克也君にそれを見せたってわけ。克也君もグハン君を殺そうと考えていたから、ちょうどいいって思ったんでしょうね」

「お前………」

「そんな顔しないでよ。まさか、克也君を騙したから許せないなんて、バカなことを言うつもりじゃないよね？」

肩をすくめて、理緒は言葉を続ける。

「私は自分が生き残るために、誰かを殺すしかなかった。そして、克也君を殺した。克也君だって、グハン君を殺そうとしていたし、これは仕方のない犠牲なんだよ」

「だっ、だけど、こんなひどい殺し方をするなんて」

「ひどい？　じゃあ、女の私が正々堂々と男に『今から、あなたを殺すから』って、宣言してから襲い掛かれとでも？」

「それは………」

「翔真君は正義感が強すぎるんだよ。そんなんじゃ、生き残ることは無理ね」

「生き残る………か」

翔真は掠れた声でつぶやいた。

——理緒は自分が生き残るために克也を殺した。それは悪いことなのか？　もし、俺が理緒と同じ命令だったら、どうするんだ？

無言になった翔真の顔を、理緒が覗き込んだ。

「そうそう。翔真君の命令は何？」

「俺の命令は『天海翔真は3人の女とキスしろ』だよ」

「何それ？　楽勝じゃん」

「お前も龍義と同じことを言うんだな」

「だって、2人は確定でなんとかなるでしょ？」

理緒は屋上の隅にぼんやりと立っている美佳を指差した。

「あの調子なら、美佳には強引にキスすればいいし、若英は喜んで受け入れてくれるよ。きっと、キス以上もね」

「そんなのわかんねーよ。それに、美佳とはダメだ。あいつは秋雄の彼女だからな」

「秋雄君は自殺したんでしょ？　なら、いいじゃん」

「それでもダメだ。親友の彼女にキスなんてできない！」

翔真はきっぱりと答えた。

「とにかく、俺にとって、この命令は楽勝なんかじゃないんだよ」

「ふーん………翔真君らしいけど、これで、死んだら笑っちゃうかも」

「笑えないよ。とにかく、俺は………」

突然、理緒が翔真に近づき、桜色の唇を翔真の唇に合わせた。

「んんっ………」

翔真は目をぱちぱちと動かして、理緒を引き離した。

「おっ、お前、どういうつもりだよ?」

「助けてあげたのよ」

理緒はそう言うと、上唇をピンク色の舌で舐めた。

「3人の女とキスをしないといけないんでしょ? その1人目に私がなってあげたってこと」

「………どうして、俺の命令を手伝ってくれたんだよ?」

「前にあなたを井戸に突き落として殺そうとした、お・わ・び。それに………」

「それに、なんだよ?」

「翔真君のこと、キライじゃないからね。告白した時も、半分は本気だったし」

「半分かよ!」

「あはは。まあ、いいじゃない。これで、翔真君も生き残れるかもしれないし」

人差し指の先を翔真の胸に押しつけて、理緒はにんまりと笑った。

【8月9日（土）午前7時34分】

目の前の柵に突き刺さっている克也の体を見て、翔真の顔が強張った。

克也は両手と両足を広げ、体をのけぞらせている。濡れたTシャツから、ぽたぽたと地面に血が滴り落ちている。既に死臭を嗅ぎつけたのか、数匹のハエが周りを飛び回っていた。

翔真は左胸に手を置き、深呼吸を繰り返した。

「克也……………後でちゃんと埋めてやるから、協力してくれよ」

そう言うと、翔真は背後にいる美佳の手を握った。

「美佳……………俺の言うことを聞いてくれないか？」

「……………何？」

数十秒の時間をかけて、美佳が答えた。

「どこでもいいから、克也の体に触ってもらいたいんだよ」

「……………どうして？」

「そうしないと、お前が王様ゲームの罰を受けるんだよ」

「そう……………」

美佳は何の関心もないのか、視線を地面に向ける。

翔真の八重歯が軋んだ。

――秋雄が死んだことで、美佳の心は壊れてしまったのかもしれない。いや、今はそんなことを考えている場合じゃない。とにかく、美佳に命令をクリアさせないと！

翔真は美佳の手を強引に引っ張って、克也の手を握らせた。

克也の無残な姿を見ても、美佳の反応はない。ただ、意思を持たない人形のように、翔真に従っている。

「これで、美佳の命令はクリアか…………」

翔真は美佳と一緒に克也の死体から離れた。

――美佳の心のことは心配だけど、それよりも先に俺の命令をクリアしないと。理緒とキスできたから、あと、残り２人か…………。

【8月9日（土）午前11時13分】

山の中腹にある林の中に入ると、虫取り網を振り回している若英の姿が目に入った。

翔真は右手を振りながら、若英に近づく。

「おーい、若英」

「あっ！　翔真君」

若英の表情がぱっと明るくなった。

「どうしたの？　こんなところに来て」

「お前の命令を手伝いに来たんだよ。邦友が自分の命令を終わらせて戻って来てくれたからな。美佳も邦友に預けてある」

「………………そっか。邦友君は命令をクリアしたんだね」

若英の声が暗くなる。誰かの首を切断するという邦友の命令を思い出したのだろう。

「でも、よかったよ。これで、邦友君は罰を受けなくてすむんだから」

「ああ。若英のほうはどうだ？　蝶は捕れたのか？」

「うん。もう、9匹捕まえたよ」

若英は自慢げに胸を張って、足元に置いてあった虫かごを指差した。その中には、白色や黄色、黒色の羽を持つ蝶が入っていた。

「おっ！　じゃあ、あと1匹なんだな。若英の命令は大変かと思ってたけど」

「意外とこの島って、蝶が多いんだよ。それに、あんまり逃げ回らないから捕まえやすいし」

「たしかに、俺も蝶が飛んでいるところを何度も見た………あっ！　蝶だ！　蝶がいるぞ！」

十数メートル先の茂みに、黄色い羽の蝶が飛んでいるのを見て、翔真の瞳が輝いた。

「若英、あそこだ。わかるか？」

「あっ！　う、うん！」

若英も蝶を見つけたのか、虫取り網を構えて、ゆっくりと茂みに向かって歩いていく。

蝶は若英の接近に気づいていないようだ。ひらひらと黄色の羽を動かして飛んでいるが、その場所から離れようとしない。

若英は虫取り網を振り上げ、飛んでいる蝶に向かって斜めに振り下ろした。

「捕まえたのか？」

翔真が若英に駆け寄った。視線を虫取り網に向けると、白い網の中で蝶が羽を動かしている。

「よし！　やったな、若英」

「うん！　これで、私も命令クリアだよ」

若英は蝶を傷つけないように、そっと羽を掴み、虫かごの中に入れる。

「俺が手伝いに来なくてもよかったな」

「ううん。今の蝶は翔真君が見つけてくれたから、捕まえられたんだよ。ありがとう」

「これで、後はトンハと俺の命令だけか」

「そういえば、翔真君の命令って、聞いてないよ。どんな命令なの？」

「………それで、若英に頼みがあるんだ」

「頼み？」

「あ………ああ」

翔真はちらりと若英の唇を見る。

「………」

「翔真君？」

「若英っ！　お、俺とキスしてくれないか？」

「え………？　キスって………」

若英の頬が真っ赤になる。

「もしかして、誰かとキスをするのが命令なの？」

「そうなんだ。俺の命令は『天海翔真は3人の女とキスしろ』なんだよ」

「3人………って」

「実は、さっき、理緒とキスして………」

「えっ？　理緒とキスしたの？」

「ああ。俺の命令を話したら、あいつがキスしてきたんだよ」

「理緒から、キスしてきたってこと？」

「俺を井戸に突き落としたおわびらしい」

翔真はふっとため息をついた。

「反省しているようにも見えなかったし、ただの気まぐれかもな。俺としては、それでも助かったけどさ」

「あ………そっ、そうだよね」

若英が焦った顔で、両手を左右に振った。

「う、うん。理緒がキスしてくれたほうが、よかったんだ………」

「それで、あと2人の女とキスしないと、俺は罰を受けることになるんだ。だから、若英に助けて欲しいんだ」

翔真は深く頭を下げた。

「女の子にとって、こういうことはイヤだと思うけど………」

「イヤじゃないよ！」

突然、若英が大きな声を出した。

「翔真君とのキスなら、私、イヤじゃない！」

「イヤじゃ………ないのか？」

「あ………そ、その、翔真君はいい人だし、仲間だから」

「仲間………か」

翔真はじっと若英を見つめた。

「本当にキスしていいのか？」

「…………う、うん」

恥ずかしそうに、若英は目を伏せた。

「私とキスすることで、翔真君の命が助かるのなら、嬉しいよ」

「…………ありがとう。若英」

翔真は若英の両肩に手を置いた。びくりと若英の体が動く。

「あ…………肩に手を置いたほうがいいと思って」

「そっ、そうだね」

「もしかして、若英は誰かとキスするの、初めてなのか？」

「…………う、うん」

「そっか。ごめんな」

「謝らなくていいよ。私はイヤじゃないから」

そう言って、若英はまぶたを閉じた。

「ありがとう、若英」

翔真は自分も目を閉じて、若英の唇に自分の唇を合わせた。

【8月9日（土）午後2時21分】

翔真と若英が紅島館に戻ると、海音と萌華が近づいてきた。海音は切れ長の目を細くして、翔真に声をかけた。

「翔真君、聞きたいことがあるんだけど？」

「なんだよ？　海音」

翔真は警戒した目で海音を見る。

「翔真君は、邦友君、トンハ君、若英、美佳と行動しているよね。その4人と翔真君の個別の命令を教えてもらいたいの」

「なんで、そんなこと、知りたがるんだよ？」

「万が一のためよ。どうやら、個別の命令の中に危険なものがあるみたいだからね」

海音は少年のような仕草で、肩をすくめた。

「理緒の命令は、人を殺す命令だったんでしょ？　本人から聞いたよ」

「ああ。俺の目の前で、理緒は克也を殺した」

「それなら、私が警戒している理由もわかるでしょ。自分の命令はクリアしたけど、他人の命令で殺されたら、意味がないからね」

「お前の命令は何だったんだよ？」

「私の命令は『胡海音は一万円札を10枚手に入れろ』だよ」

「一万円札？　日本の一万円札か？」

「ええ。もう、手に入れたけどね、萌華が持っていたから」

海音は隣にいる萌華の肩に白い手を置く。

「萌華の家って、お金持ちみたいなの。ほんと、助かったわ」

「私も海音の役に立てて、嬉しいよ」

幼い子供のような声で萌華が言った。萌華は海音より、15センチ以上背が低く、体型も中学生のようだった。

大きな目を潤ませて、萌華は海音を見つめる。萌華の頬は微かに赤くなっており、海音に好意を持っていることがわかった。

「萌華の命令は何だ？」

「『鈴森萌華は人の眼球を1つ、手に入れろ』だよ」

「が、眼球………」

「うん。簡単な命令だったよ。死体を掘り起こせば、すぐにクリアできる命令だしね」

「って、ことは、もう、眼球を手に入れたのか？」

「うん。これがそうだよ」

萌華は自分の腰に提げている花柄のポーチに視線を向ける。

「眼球はユンジンの右眼だよ。もともと、土水さんに首を切られていたしね」

「ユンジンの…………」

翔真の顔が、冷たい水をかけられたかのように強張る。

「…………お前が眼球を取り出したのか？」

「そうしないと、私が罰を受けるんだから、仕方ないじゃん」

「その通りね」

海音が冷静な声で言った。

「死人の目を抉るのは残酷なことだけど、難しい命令じゃない。覚悟を決めれば、クリアできる命令だよ」

「覚悟を決めれば…………か」

「で、翔真君たちの命令はどうなの？」

「俺たちの命令で、他人を犠牲にするものはないよ」

翔真は海音の質問に答えた。

「邦友の命令は萌華と同じ系統だから、死体を使うことができるし、若英とトンハは蝶と魚を捕まえる命令だよ。美佳の命令は死体を触る命令で、もうクリアした。俺の命令も人に危害を加えるようなものじゃない」

「…………嘘じゃなさそうね。翔真君は嘘つくの、苦手っぽいし」

海音の端整な唇から、ふっと息が漏れた。

「とりあえず、これで、私と萌華が死ぬことはない…………か」

「他の奴らは、どんな命令だったんだ？」

「海峰君は『24時間の飲食を禁じる』って命令ね。グハン君は教えてくれなかったけど、もう、クリアしたみたい。本人は簡単な命令だったって、言ってたけど」

「海峰のも、そんなに難しくはないな」

「そうね。今回はなんとかなる命令が多そう。だから、気になるのよ」

「気になる？」

翔真の眉が片方だけ動いた。

「何が気になるんだ？」

「王様がなんで、こんな命令を出したか、ってこと。私はこの命令が控えじゃないかって思っているの」

「控えって、どういう意味だ？」

「本当の命令は別にあったってことよ。でも、その命令を王様は出せなかった。みんなに監視されていたから」

「おいっ！　それって…………」

「そう。私は、邦友君かジュノ君か悠人君の誰かが王様だと思っている」

海音の言葉に、翔真とその背後にいた若英が息を呑んだ。

「そんなに驚くことじゃないでしょ？」

海音はふっと微笑した。

「王様は時間を設定して王様ゲームのメールを送っているはず。つまり、邦友君たちが監視される前に、控えの命令が送られるように準備していた可能性があるってこと。もし、監視されていなければ、もっと、状況に合った面白い命令に変更するつもりだったのかもしれない」

「面白い？」

「シリアルキラーの王様が面白いと感じる命令ね。多分、他にも控えの命令を用意してあるんじゃないかな。今回のように、監視されていても命令を送れるようにしておけば、アリバイ作りにも利用できる」

「どんな状況でも、違和感のない命令を送れるように…………か」

翔真の喉仏が波のように動いた。

――たしかに、今度の命令は、個別の命令だから、どんな状況になっていても対応できる。前にあった、大人が未成年を殺せみたいな命令は、大人が全員死んでいたら、意味不明な命令になるけど…………。

青ざめた顔をしている翔真を見て、海音の唇の端が僅かに吊り上がった。

「今回、命令が来たことで、監視されていた邦友君たちが王様じゃないと思っている人も多いみたいだけど、私は逆に彼らが王様だと思うよ。どんな状況にも対応できる個別の命令が来たことが、その証拠ってこと」

「邦友たちを王様だと思わせる作戦かもしれないぞ？」

「うーん。たしかに、その可能性もゼロじゃないか。あえて、控えの命令をそのまま出して、邦友君たちを王様候補から外させない作戦ってわけね。それなら、他の男が王様の可能性はある」

「男？　王様が女の可能性もあるだろ？」

「それは、ありえないよ」

海音は断言した。

「私は女を見る目に自信があるの。生き残っている女は、私、萌華、若英、美佳、雪菜、志玲、ジンシル、愛理、理緒の9人だけど、その中に人を殺して喜んでいるようなシリアルキラーはいない。それに、王様が女でない証拠は他にもあるの」

「なんだよ？」

「翔真君は4番目の命令の時、永明君がクジ引きでイェジンを殺したことを覚えているよね？あの時、永明君はクジ引きをすることで罰を受ける女子を決めていたけど、あれって、王様が女子なら危険だよ。永明君に指定されたら、それで終わりなんだから。つまり、王様が女子でないことは確定しているの」

「…………王様は死んでも構わないと思っているのかもしれないぞ？」

翔真の反論に、海音は微笑する。

「その可能性もあるけど、王様としては、あんな中途半端なところで死にたくはないでしょ？もし、死ぬ気があったとしても、最後まで王様ゲームを続けて死のうと思うはず。まあ、何も考えていない愚かな男なら、そんなこともするかもしれないけどね」

「…………海音は男が嫌いなのか？」

「その言い方だと、私の恋愛対象が女だと、わかっているみたいね」

「………ああ」

「まあ、隠すこともないけど、私は女が好きなの。醜い男なんて、この世からいなくなればいいと思ってるから」

「そのわりには、男っぽい格好をしているな」

「このほうが、ノンケな女と仲良くなれるからね」

上唇を舐めながら、海音は視線を翔真の背後にいる若英に向けた。

「ねぇ、若英。あなたも、私のグループに入らない？」

「え？　わ、私？」

若英がぱちぱちとまぶたを動かした。

「そう。あなたも私の好みなのよ。目がぱっちりしているし、肌もキレイだから。ツインテールの髪型も嫌いじゃない。私のグループなら、王様候補もいないよ」

「王様候補って、邦友君のこと？」

「ええ。昨日まで監視されていた3人は全員怪しいからね」

「…………私は邦友君が王様とは思わないよ」

「へーっ、どうして、そう思うの？」

海音は切れ長の目を針のように細くして、若英に質問した。

「邦友君は、ケルドウイルス関係の論文を書いていたんだよ？　つまり、ケルドウイルスに詳しく、関心があるってこと。きっと、王様もそうだよね？　それでも、邦友君を信じるの？」

「うん。邦友君は翔真君の友達だから」

「………翔真君の友達だから、か」

海音は翔真をちらりと見た。

「まあ、いいわ。翔真君が死んだら、あなたも考え直すだろうし」

「俺が死ぬって言うのか？」

「その可能性は高いと思うけどね。翔真君は人を信じすぎるから」

「別に悪いことじゃないだろ！」

「普通ならね。でも、王様ゲームの中では、どうかな。現実にあなたは信じていた理緒に裏切られて、殺されそうになったでしょ？」

「それは………」

「王様ゲームじゃ、人を信じることは悪よ。それに気づかないあなたが生き残ることは難しい。もしかしたら、次の命令で死ぬかもね」

「次の命令も来ると思っているのか？」

「当然でしょ。王様は自分にも個別の命令を出しているはずだけど、それがクリアできないような命令とは思えないから」

海音は冷たい視線を翔真に向ける。

「王様ゲームは終わらない。これからも、人が死ぬことになる」

「これからも…………」

翔真の背筋がぞくりと震えた。

【8月9日（土）午後3時5分】

翔真と若英が食堂に入ると、永明と愛理がイスに座って、対峙しているのが見えた。

翔真は永明に近づき、その肩を掴んだ。

「永明っ！　お前、何、やってるんだ？」

「命を賭けた変則のババ抜きさ」

そう言うと、永明はテーブルの上に広げられたトランプを指差した。

「僕と愛理がお互いにカードを引いていって、ジョーカーを引いたほうが負けってゲームだよ。僕が考えた即興のゲームだけどね」

「まさか、それに負けたほうは………」

「ああ。王様ゲームの罰を受けることになるよ」

「お前、また、そんなことを！」

「違う違う。このゲームは愛理から挑まれたんだよ」

「愛理が？」

翔真はテーブルの向かい側に座っている愛理に視線を動かす。

愛理は青白い顔で、大きく首を縦に振った。

「そう。私の個別の命令は『神内愛理は20時間以内に誰か1人を指定して、その者とゲームをしろ。ゲームの内容はプレイヤー同士で決めていい。そのゲームに負けた者が罰を受ける』だったの」

「ゲームに負けた者が罰……………」

「それで、私は永明君をゲームの相手に選んだ。私が勝った時に、罪悪感が一番少ない相手だからね」

愛理は永明を睨みつけた。

「永明君は、４番目の命令の時、イェジンを殺した」

「あれは、クジ引きで決めたことだろ?」

永明が頬をぴくぴくと動かした。

「それに、あの時は女子全員が納得したはずだし。僕があの命令をクリアしていなければ、今頃、王様以外の全員が罰を受けて死んでいたはずだよ」

「ええ。あの時、私たちは自分が死ぬことを覚悟していた。そんな私たちの真剣な想いを、あなたは踏みにじった。私たちに、『服を脱げ』って言ったよね?」

「あ、あれは冗談だよ」

「冗談を言うような状況だった?」

冷たい愛理の視線に、永明の目が泳いだ。

「それだけじゃない。私があなたを対戦相手に選んだのは」

「な、なんだよ?」

「それは、あなたが王様候補だからだよ」

「僕が王様？」

「そうよ。邦友君、ジュノ君、悠人君は、みんなに監視されていた。その中で、新しい命令が来たんだから、他の誰かが王様の可能性が高い」

「それなら、ここにいる翔真君だって、王様候補じゃないか？」

永明は自分の背後にいた翔真をちらりと見る。

「翔真君だけじゃない。海峰君やグハン君も王様候補だ。それに、女子の中にも怪しい子はいるだろ？　ジンシルは冷静すぎる気がするし、逆に雪菜は性格が変わったみたいに怯えていたよ」

「でも、王様の本命はあなたよ。あなたは悠人君ほどじゃないけど、人を殺すことに躊躇がないみたいだしね」

「…………何を言っても、信じてもらえないみたいだね」

「そういうこと。もし、あなたが王様じゃなかったとしても、私はあなたを殺したことを後悔しないけどね」

愛理は目の前のテーブルに広げられたトランプを見つめる。

「それじゃあ、ゲームを始めましょうか？　あなたが考えたゲームだから、文句もないよね？」

「ああ。ジョーカーをめくったほうが負けってルールなら単純だし、頭のいい副リーダーの君にも勝てるかもしれない」

「そうね。運で勝負が決まるゲームだから」

「どっちから、めくる？」

「あなたからどうぞ。あなたが提案したゲームで勝負をつけるんだから、それぐらいいいでしょ？」

「…………わかったよ。ほとんど、確率は変わらないと思うしね」

永明は深呼吸をして、テーブルの上に広げられたトランプを見つめる。

「トランプの枚数は、ジョーカーを含めて53枚だから、ここでジョーカーを引く可能性は、53分の1か…………」

「早く、引いて欲しいんだけど」

「そんなに急がせないでくれよ。ジョーカーを引いたら、死ぬゲームなんだから」

テーブルに顔を近づけて、永明はトランプを凝視する。

「…………これか…………いや、こっちにするか」

ぶつぶつと独り言をつぶやきながら、永明は左端にあるトランプをめくった。花を持った女の絵柄が見えた。

「ハートのクイーンか…………。このカードが最初に出るのはラッキーだな」

「なんで、ハートのクイーンがラッキーなの？」

「クイーンは女王って意味だろ？　美しい女王が騎士の僕を見守っている気がしてさ」

「永明君は騎士って感じじゃないよ。どうでもいいけど」

そう言って、愛理は右手の前にあったカードをめくる。そのカードはスペードの8だった。

「はい、次は永明君だね」

「…………早いね。悩まないの？」

「まだ、先は長いしね。確率的にも、こんなに早くジョーカーが出るとは思えないし」

「副リーダーの君が、こんなに度胸があるとは知らなかったよ」

「覚悟を決めただけだよ。私はこのゲームに勝って生き残るから」

「僕だって、こんなところで死ぬわけにはいかない！」

永明は額に滲んだ汗を手の甲でぬぐって、トランプに手を伸ばす。永明の荒い息が翔真の耳に届いた。

いつの間にか、翔真の口中がからからに渇いていた。

——愛理の命令は、自分自身かゲームの対戦相手が死ぬ命令だ。個別の命令はクリアしやすいものが多いと思ったけど、これは危険な命令だ。

「翔真君」

永明がトランプをめくりながら、翔真に声をかけた。

「君はどっちを応援しているのかな？」

「応援？」

「僕と愛理のどっちが生き残って欲しいと思っているかだよ」

「…………どっちも死んで欲しくはないよ」

数秒間悩んで、翔真は答えた。

「正直、お前の行動や考え方にはついていけないけど、死んで欲しいとは思わないよ。同じ研修仲間だから」

「研修仲間ねぇ。相変わらず、翔真君は甘いな。僕が君の立場なら、愛理を応援するけどね」

「なんで、愛理を応援するんだよ？」

「愛理が王様でないことが、ほぼ確定しているからさ」

永明はトランプをめくっている愛理を見て、唇の端を吊り上げる。

「この命令、王様が愛理なら、絶対に出せない命令だよ。ゲームの内容はプレイヤー同士で決めることになっているから、本人が有利になるとは限らない。つまり、愛理が王様なら、こんな危険な命令を自分に出すはずがない。それなのに、残念だよ」

「残念？」

「ああ。僕がこのゲームに勝ったら、せっかく王様じゃない人物を見つけたのに、その人物が死ぬからさ」

「それなら、あなたが死んだらどう？」

愛理がいつもより一オクターブ低い声で言った。

「あなたの命令は簡単な命令だったんでしょ？」

「そうでもないよ。僕の命令は『林永明は10人の死体の写真を撮れ』だから」

「死体の写真？」

翔真の声が大きくなった。

「その命令をクリアしたのか？」

「もちろんだよ。ほとんどの死体が埋められていたから、掘り起こすのに時間がかかったよ。しかも、腐っている死体もあったしさ。臭いもひどかったよ」

「うっ…………」

どろどろに溶けた死体を想像して、翔真の顔が蒼白になった。

そんな翔真を見て、永明は笑い声を漏らす。

「もう、死体は見飽きるぐらいに見ただろ？　まだ、慣れていないのかい？」

「慣れるわけないだろ！」

「というわけだよ、愛理」

永明は視線を翔真から愛理に戻す。

「僕の命令はクリアできる内容だった。でも、普通の人間なら、やりたくない命令じゃないかな？　死体の写真を撮るなんてさ。しかも、10人だよ？」

「王様なら、死体なんて、気にしないでしょ」

「たしかに、王様なら、逆に喜ぶかもね」

「お喋りはいいから、さっさとトランプを選んでよ。あなたの番だよ」

「わかったよ。これが、9枚目か」

永明のめくったトランプは、ハートのエースだった。

「うん。これも、いいカードだ」

「ジョーカー以外は関係ないでしょ」

すぐに愛理が次のトランプをめくる。今度はダイヤの7が出た。

「はい。また、永明君の番だね」

「………ちっ！」

笑っていた永明の顔が変化した。

「なかなか、ジョーカーを引かないね、副リーダー」

「それは、あなたもでしょ？」

「僕は必死だからね」

永明は綺麗に揃っている前髪を両手で左右にかき上げた。そのまま、両手を頭の上に乗せて、ぐっと顔をテーブルに近づける。永明の目が大きくなり、その瞳に並べられたトランプが映っている。

「僕がこんなところで、死ぬはずがない。僕は生き残らないといけないんだ」

震える手でトランプをめくる。今度はクローバーの3が出る。

今度は愛理の表情が険しくなった。

「ほんと、しぶといね。さっさとジョーカーを引けばいいのに」

「僕には美しい女王がついているからね」

「トランプのクイーンを最初に引いただけじゃない」

愛理は整った眉を眉間に寄せて、永明の前にあったトランプをめくった。

「ダイヤのキングね。これで、残り41枚か」

「そろそろ、危険だね」

永明は深く深呼吸をして、めくるトランプを選び始めた。

背後にいた若英が、翔真の耳に顔を寄せた。

「翔真君、このゲーム、やめさせることはできないの？」

「無理だと思う」

翔真は噛み締めていた唇を開いた。

「愛理と永明はゲームを始めてしまったから、どっちかが罰を受けるのは確実だよ」

「また、人が死ぬんだね……………」

若英の言葉に、翔真の表情が歪む。

――愛理は副リーダーとして、頑張っていた。永明だって、王様ゲームが始まるまでは、まともだったんだ。どうして、こんなことになっているんだよ？

自分のめくったトランプがジョーカーではないことがわかって、愛理はふっと息を吐いた。

「これで、残り9枚ね」

「…………どうなってんだよ、これ」

永明は愛理を睨みつけた。

「なんで、ジョーカーを引かないんだ？」

「私がイカサマをしてないのは、わかっているでしょ？　だって、このトランプは永明君が持ってきたものだし」

「わかってるよ。だけど、確率的には、そろそろジョーカーが出てもいいはずなのに」

「神様がどっちを生き残らせようか、悩んでいるのかもね」

「神様なんて、いるわけないよ。バカバカしい」

永明は斜め前にあったトランプをめくる。

「よし！　クラブの9だ。これで、残りは8枚だぞ」

「じゃあ、私はこれで」

愛理はすぐにトランプをめくる。それは、スペードの2だった。

「これで、残り7枚になった」

「…………そんな」

「顔色が悪いよ、永明君」

「まさか…………」

「まさかって、何？」

「い、いや…………」

愛理の視線から目をそらして、永明はトランプをめくった。ダイヤのエースが出る。

「よ、よし！　次は愛理だぞ」

「そうね。残り6枚か…………」

愛理はじっと永明を見つめる。

「ねぇ、永明君。気づいてる？」

「気づくって、何をだよ？」

「このまま、どっちもジョーカーを引かなくて、最後の1枚がジョーカーだったら、それを、どっちが引くかだよ」

「…………最後の1枚がジョーカーなんて、あるわけないだろ！」

「普通なら、そんなことはありえないけど、もし、そうなったら、面白いよね。永明君はそのカードがジョーカーとわかっているのに、めくるしかなくなる」

愛理の視線がテーブルの上に裏向きになっているトランプに移動する。

「私がめくるのは、残り6枚目と4枚目と2枚目か。あと3回、ジョーカーを引かなければ、私が罰を受けることはない」

「君はジョーカーを引くさ」

「いいえ。引くのは永明君よ。神様がいるのなら、あなたより、私を残すはずだから」

「どうしてだよ？」

「王様ゲームが始まってから、永明君の行動は悪意に満ちている。そんな人物を神様が生き残らせるはずがない！」

強い口調で言いながら、愛理は真ん中にあったトランプに触れる。

「だから、生き残るのは私よ」

「…………そうだね。神様がいるのなら、君を生き残らせるかもしれない」

永明の目がギラリと光った。

「だけど、神様なんていない。だから、君がジョーカーを引くんだよ」

「私はジョーカーなんて、引かないから」

愛理は触れていたトランプをめくった。

その顔が、一瞬で蒼白になる。

「そ…………そんな…………」

愛理の手からめくったトランプがはらりと落ちる。そこにはカラフルな道化師のイラストが描かれてあった。

「な、なんで、私がジョーカーを引くの。こんなこと、ありえな…………」

ゴキリと不気味な音がして、愛理の首が折れた。

「かっ…………あ…………」

愛理は直角に首を曲げたまま、テーブルに突っ伏す。

「愛理っ！」

翔真は愛理の肩を掴んで引き起こそうとしたが、異常な角度に曲がっている首を見て、その動きを止める。

「こ、こんなのウソだ…………なんで、愛理が…………」

愛理の上半身がぴくぴくと痙攣している。テーブルの上に置かれた両手もピアノを弾いているかのように、指だけが動いていた。

その動きが止まると、永明は深く息を吐き出した。

「危ない、危ない。マークドデックに気づいているのかと思ったよ」

「マークドデック?」

呆然と愛理を見ていた翔真が、永明に視線を向ける。

「なんだよ、それ?」

「トランプの裏側にマークがついていて、めくらなくても何のカードかわかるようになっているものさ。例えば、このカードはハートの3」

そう言って、永明は裏向きになっていたトランプをめくる。そのカードはハートの3だった。

「このトランプはさ、手品に使おうと思って持ってきていたものだけど、役に立ったね。でも、正直、ヤバイと思ったよ。愛理がずっとジョーカーを引かないからさー。もしかして、マークドデックのことを知ってるんじゃないかって、疑ってたよ。まあ、最終的にはジョーカーを引いたんだから、知らなかったんだろうね」

「お、お前…………」

「おっと、文句を言うのはやめてくれよ」

永明はイスから立ち上がって、後ずさりした。

「このトランプを使うことを了承したのは愛理だからね。そして、ゲームの内容は僕が決めたけど、彼女はそれにも納得した」

「だ、だけど、こんなトランプを使うなんて、卑怯じゃないか？」

「まだ、そんなことを言ってるんだ？　王様ゲームの中で、正々堂々と勝負なんてありえないよ。愛理は頭がよかったけど、僕には勝てなかったってことさ」

「永明…………」

「翔真君、僕は男子トイレで前に言ったよね？　このデスゲームに生き残ってみせるってさ。愛理からゲームを挑まれたのは予想外だったけど、僕はこうやって生き延びた。そして、これからも生き延びるよ。最後までね」

狂気を感じる笑い声をあげて、永明は食堂から出て行った。

【8月9日（土）午後5時30分】

シャワー室から出てきた雪菜を見て、翔真は彼女に駆け寄った。

「おーい、雪菜」

「あっ、翔真君」

雪菜は髪を洗っていたのか、頭にタオルを巻いていた。着ているTシャツも、昨日とは違っている。

「シャワーを浴びていたのか？」

「うん。個別の命令はなんとかクリアできたからね」

「どんな命令だったんだ？」

「『立花雪菜は四つ葉のクローバーを手に入れろ』だよ」

「四つ葉のクローバーって、シロツメクサだよな？　そんなの、この島に生えているのか？」

「山の東側に生えていたよ。時間はかかったけど、四つ葉のクローバーも発見したから」

雪菜は短パンの後ろポケットをポンと叩く。どうやら、そこに四つ葉のクローバーを入れているようだ。

「翔真君の命令はクリアしたの？」

「…………まだなんだ」

「まだって、難しい命令なの？」

「自分だけじゃ、クリアできない命令なんだよ。それで、雪菜に手伝って欲しいんだ」

「手伝うって、何を？」

「………俺とキスして欲しいんだよ」

「えっ！　き、キスっ？」

　雪菜の目が丸くなる。

「それが、翔真君の命令なの？」

「そうなんだよ。俺の命令は『天海翔真は3人の女とキスしろ』って内容で、あと1人の女とキスしないと、罰を受けるんだ」

「………あと1人ってことは、誰か2人とキスしたってことか」

　じとりとした目で、雪菜は翔真を睨んだ。

「で、誰とキスしたの？」

「若英と理緒だよ」

「ふーん、あなたたちのグループにいる若英はわかるけど、理緒があなたを助ける行動を取るなんてね。一度はあなたを殺そうとしたんでしょ？」

「ああ。ただの気まぐれかもしれない。それでも、俺としては助かったけどな」

「でしょうね。それで、翔真君が3人目に私を選んだのはなぜ？」

　雪菜の質問に、翔真は頬をぴくりと動かした。

「そ、それは、雪菜とは話しやすかったから」

「それだけ？」

「だっ、だって、他にこんなこと頼める相手がいないんだよ。あ、志玲は手伝ってくれるかもしれないけど。前にも、キスされたし」

「たしかに志玲なら、キスぐらい気にしないかも。でも、私は好意を持っている相手としか、キスはしたくないの」

「………そっか。そうだよな」

翔真は雪菜に向かって、深く頭を下げた。

「ごめんな。変なこと頼んで。俺、他の女子に頼んで………」

「待ってよ！」

雪菜は翔真の手を掴んだ。

「誰がキスしないって言ったの？」

「え？　でも、今、好意を持っている相手としか、キスしたくないって………」

「だから、好意を持っている相手ならいいのっ！」

雪菜は頬を赤くして、上目遣いに翔真を見る。

「勘違いしないでね。別にあなたを愛しているわけじゃないから。ただ、好きか嫌いかなら、好きなほうだし、前に助けてもらったでしょ」

「本当にいいのか？」

「…………うん。翔真君なら、いいよ」

「あ…………ありがとう、雪菜」

翔真は真剣な目で、雪菜を見つめる。

「じゃ…………じゃあ…………」

「あ、待って！」

雪菜は顔を近づけてきた翔真から、一歩離れる。

「深呼吸するから、10秒待ってて」

「…………もしかして、キスしたことないのか？」

「失礼ね。ちゃんとあるよ。幼稚園の時に、仲良しだった亜美ちゃんと」

「待て待て！　ツッコミどころが2つもあるぞ！」

「そんなことは気にしなくていいから、さっさとしなさいよ」

そう言って、雪菜はまぶたを閉じる。

僅かに顔を上げて、じっとしている雪菜を見て、翔真の胸が熱くなった。

「ありがとう、雪菜」

もう一度、感謝の言葉を口にして、翔真は雪菜に顔を近づけた。

【8月9日（土）午後8時45分】

「なんだよ、翔真！　その羨ましい命令は？」

食堂で、トンハが頬を膨らませた。

「俺が必死に30センチ以上の魚を釣っていたのに、3人の女子とキスぅ？」

「しょうがないだろ！　命令に従わないと、罰を受けて死ぬんだから」

翔真はそう言いながら、テーブルの上に置かれた青魚を巻き尺で測る。

「…………よし！　たしかに30センチ以上あるな。これで、トンハも命令クリアか」

「ちゃんと釣った時に、俺も測ったよ。その前に釣った小さな魚は逃がしたけど、こいつだけは手元に残しておいたほうがいいだろ？」

「そうだな。今夜0時までは持ち歩いていろよ」

「ああ。その後は食っちまおうぜ。塩焼きにしてさ」

「そんな余裕があればいいけどな」

窓際のイスに座っていた邦友がぼそりとつぶやいた。

「どうせ、また、次の命令が来ると思うぞ」

「やっぱり、来るのか」

トンハが太い腕を組んで、うなり声をあげた。

「でもさー、今回の命令で、克也と愛理が死んだだろ？　だから、残っているのは…………」

「17人だな。男が9人、女が8人。この中に王様がいる」

邦友の言葉に、翔真が口を開く。

「邦友、王様が克也の可能性はないかな？」

「…………ないな。克也が王様なら、理緒の罠にかからないよ。王様は理緒の命令を知っているはずだから」

「そう…………か。愛理もあの命令なら王様じゃないだろうな」

「ああ。愛理の命令は自分が罰を受けるかもしれないタイプのものだったんだろ？　それなら、違うな」

「誰が王様なんだよ！」

翔真はテーブルを平手で強く叩いた。

――邦友、トンハが王様とは思えない。若英と美佳も違う。雪菜もそうだ。この5人は問題ない。となると、残り11人の中に王様がいる。

海峰、グハン、龍義、ジュノ、悠人、永明、理緒、志玲、ジンシル、海音、萌華の姿が、翔真の脳裏に浮かんでは消える。

邦友がイスから立ち上がって、窓際に移動した。窓の一部が割れており、そこから生暖かい風が食堂の中に入り込んでくる。

「グハンも言ってたが、王様の動機は、殺人そのものを楽しむことだ」

邦友の声が薄暗い食堂の中で響く。

「もし、ケルドウイルスやナノクイーンをどこかのテロ組織に売ろうと考えているのなら、王様ゲームの初日に、俺たちは全員死んでいるからな。他の理由があったとしても同じだ」

「ああ。それは俺にもわかる」

翔真は邦友の隣に立って、うなずいた。

「きっと、俺たちが争うところも見たいんだろうな」

「ああ。そして、最後は死ぬつもりなんだろう」

「元気だった時の美佳も、そんなことを言ってたな。王様は死ぬつもりじゃないかって」

「その可能性が高くなったってことだ」

ひび割れた窓ガラスに映っていた邦友の眉間にしわが寄る。

「王様は龍義の提案にも乗らずに、王様ゲームを続けている。当然、王様候補はどんどん減って、いつかは王様が誰かわかるだろう」

「いつかは………か」

「そうだ。例えば、この後も王様が減り続けて、お前とトンハと悠人が生き残ったとする。そうなった時、お前は誰が王様だと思う?」

「そりゃ、悠人だろう」

翔真は即答した。

「食い物と女のことしか考えてないトンハが王様なわけがないよ」

「おいっ！　翔真っ！」

トンハが大声を出した。

「俺だって、釣りをしながら、王様が誰かをずっと考えていたんだぞ！」

「そうなのか？　で、トンハは誰が王様だと思っているんだ？」

「本命はジュノだな。ジュノは子供の頃にハムスターや猫を殺していたんだろ？　そして、それはシリアルキラーの特徴みたいだしな。ついでに、パソコンに詳しいし頭もいい。あとは、今回の個別の命令だな」

「ジュノの個別の命令は『ソ・ジュノは自分の左手の小指の爪を剥がせ』だったな。あんまり、やりたくない命令だと思うけど」

「それが、逆に怪しいんだよ」

トンハはテーブルの上に置いてある魚を指差す。

「例えば、俺や若英の命令は王様なら危険だぞ。魚や虫は捕れない可能性があるからな。だけど、ジュノの命令は痛いけど、絶対にクリアできる命令だ」

「それなら、他の奴の命令だってそうだろ？　萌華の命令は『鈴森萌華は人の眼球を1つ、手に入れろ』だったぞ。これもやりたくはないけど、死体があるならクリアできる命令だ」

「ああ。でも、そんな命令は簡単にクリアできるってわかるだろ？　つまり、王様じゃないかって、みんなに疑われる命令なんだよ」

「逆にジュノは、自分の体を傷つける命令だから、王様じゃないと思われる………か」

翔真のつぶやきに、隣にいた邦友が口を開く。

「そうだな。王様は死ぬつもりだろうけど、最後まで、王様ゲームを楽しみたいはずだ。ならば、途中で王様だとばれるわけにはいかないからな」

「なんとか、王様が命令を出すのを止めないと」

翔真の両手がこぶしの形に変化する。

「王様の可能性が高いジュノを監視しよう！」

「でも、ジュノが王様だったら、俺と悠人と一緒に監視されていたんだぞ？　それでも、命令は来た」

「それは控えの命令じゃないかって、海音が言ってたよ」

「………………控えか。昨日みたいに王様が監視されることを予測していたなら、控えの命令を準備しているかもしれないな」

「だから、今度は相手に監視されているとわからないようにするんだ」

翔真はスマートフォンで時間を確認した。

「王様が状況を判断して、命令を出しているなら、このへんの時間に行動していると思うんだ。どこかに隠してあるスマホか携帯電話を使って、ナノクイーンのプログラムの入ったパソコンに命令を送っている。そこを捕まえたら、もう言い逃れはできない」

「それなら、手分けして、王様候補を監視するか。ジュノ以外にも怪しい奴はいる。悠人、永明あたりも性格的に王様はありそうだ」

「女が王様の可能性はないか？」

トンハが邦友に質問した。

「女のシリアルキラーもいるんだよな？」

「ああ。だけど、女の監視は難しいぞ。シャワー室や女子トイレについていくわけにもいかないしな」

「あーっ、そっか。若英は美佳の世話で忙しいだろうしなあ」

「とりあえず、男のほうだけ監視してみるか。ジュノと悠人と永明の3人なら、俺たちが手分けをすれば、いけるだろう」

「それなら、俺はジュノにするか。本命って思っているし」

「俺は永明を監視するよ。翔真は悠人を頼む」

「わかった。悠人だな」

翔真は真剣な表情で首を縦に振った。

命令8

【8月9日（土）午後11時47分】

廃墟の病院の入り口の前で、悠人がぴたりと足を止めた。悠人をつけていた翔真は素早く頭を下げる。

悠人は周囲を見回した後、持っていた懐中電灯の灯りを消して、病院の中に入っていった。

「あいつ…………なんで、こんな時間に歩き回っているんだ？」

——悠人は目立ちすぎるから王様じゃないかもって思ってたけど、当たりかもしれない。病院の中に別のスマホを隠していて、それで、次の命令を送るつもりなのかも。

翔真は足音を忍ばせて、病院の中に入る。

その瞬間、懐中電灯の灯りが翔真の顔を照らした。

「うっ！」

「あ、翔真君か」

懐中電灯を照らしていたのは、悠人だった。悠人は口角を上げて、翔真に近づく。

「誰かが僕をつけているのはわかったけど、翔真君とは予想外だったな」

「…………気づいていたのかよ」

「尾行には気をつけていたからね。王様ゲームの最中だしさ。で、尾行の目的は何？」

「王様候補の監視だよ」

翔真は懐中電灯の灯りを手で塞ぎながら、悠人の質問に答えた。

「ちょっと待ってよ！　昨日、僕はずっと監禁されていたんだよ？　そんな状況で、王様の命令が送られて来たじゃないか。それなのに、僕を疑うのかい？」

「今回の命令は、控えの命令の可能性があるからな」

「控え？」

「王様が誰かに監視されている場合、自動で送られてくるように設定された無難な命令だよ」

「…………あーっ、なるほどね」

悠人は甲高い声を上げた。

「王様はどんな状況でも対応可能な命令を準備していたってことか。そして、監視されていない時は、命令を差し替えていると？」

「その可能性もあるってことだ。海音が教えてくれたことだけどな」

「ふーん、海音がね。だから、僕を監視していたのか」

「そうだ。もし、控えの命令が自動で送られるように設定されていたのなら、監禁されていても関係ない」

「あーあ、せっかく、王様候補から外れたと思ったのになぁー」

「だから、説明してもらうぞ。こんな夜中に病院に入った理由をな」

翔真は悠人を睨みつけた。

「もしかして、この病院の中に、ナノクイーンのプログラムが入ったノートパソコンを隠しているんじゃないか？」

「そんなわけないだろ。僕が王様で、この病院に何かを隠しているのなら、ここを素通りして、山の中にでも入るよ。僕は誰かが尾行していることに気づいていたからね」

「じゃあ、何のために病院に来たんだよ？」

「武器を探すためだよ」

悠人は左手の親指と人差し指を伸ばして、拳銃の形にした。

「僕はカッターナイフを持っているけどね。これじゃあ、殺し合いになった時に危険だと思ったんだよ。もっと、強力な武器を手に入れないと」

「武器………か」

「別に怪しい行動じゃないだろ？　グハン君はナイフを何本も持っていたし、他にも武器を持っている人物はいるよ。王様ゲームに関係なく、襲ってくるようなタイプもいるかもしれないしね」

「王様だと疑われてか？」

「うん。この王様ゲームを終わらせる方法の1つだからね。王様候補をどんどん殺していけば、正確に誰が王様かわからなくても、問題ない」

懐中電灯の灯りに照らされた悠人の顔が笑っている。その笑顔に邪悪なものを感じて、翔真の体がぶるりと震えた。

「まだ、そんなことを考えているのか？」

「きっと、僕以外にも考えてるよ。もう、17人しか残ってないんだから」

「…………お前が一番疑っているのはジュノだよな？」

「そうだね。控えの命令を準備していたと考えるなら、監禁されていても関係ないからね」

「ジュノを殺すことは許さないからな」

「ん？　翔真君はジュノ君が王様じゃないと断言しているの？」

「いいや。俺たちもジュノが王様じゃないかって疑っている」

「俺たちってことは、君と邦友君とトンハ君か」

悠人は首を僅かに傾けて、視線を懐中電灯の灯りで照らされたぼろぼろの壁に向けた。円形の灯りが生き物のように壁の表面を動き回っている。

「うーん…………ジュノ君を疑っているのに殺すなって、変じゃない？　ジュノ君は君たちの仲間じゃないだろ？」

「王様の可能性があるだけで殺していたら、お前も誰かに殺されることになるぞ」

「僕のことを心配してくれるんだ？」

「お前だけじゃない。俺自身も殺されるかもしれない。俺の仲間も殺されるかもしれない。そして、全員が自分以外の者を疑って、殺し合いが始まるだろう。そんな状況になったら、全員が死ぬことになる！」

翔真の両手がこぶしの形を作る。

「俺は王様を見つけたら、拘束して命令を解除させるべきだと思っている。そうしないと、逆に危険だからな」

「逆に危険？」

「ああ。王様を殺しても、控えの命令が続く可能性があるってことだよ。もし、そうなら、王様を殺しても意味がないってことになる」

「…………控えの命令か。たしかに、それだと王様を殺しにくいなぁ」

懐中電灯で肩を叩きながら、悠人はため息をついた。

「まあ、翔真君のアドバイスは心に留めておくよ」

「心に留めるだけじゃなくて、無意味に人を殺そうとするなよ」

「そうはいっても、王様ゲームをやってるんだから、状況によっては誰かを殺すしかないだろ？　どうせ、もうすぐ…………」

突然、翔真と悠人のスマートフォンが着信音を鳴らした。

「ほら、やっぱり、命令が来たね」

「くそっ！　今度の命令は何だよ！」

翔真はスマートフォンの画面に視線を落とした。

【8／10日00：00　送信者：王様　件名：王様ゲーム　本文：これは紅島にいる者全員で行ってもらう王様ゲームです。王様の命令は絶対なので、24時間以内に必ず従って下さい。※途中棄権は認められません。＊命令8：12時間以内に自分以外の者の名前を1名、紙に書け。12時以降、王様は誰か1名に罰を与えることを決めろ。その者に罰を与える。ただし、その者の名前が2枚以上、紙に書かれていた場合、罰は王様に与えられる】

「はぁ？　罰は王様に与えられる？」

翔真は驚いた顔で、何度も命令を読み直した。

「どういうことだよ？　これじゃあ、王様が死ぬ可能性もあるじゃないか？」

「たしかにそうだね」

スマートフォンの画面を見ていた悠人は、真っ直ぐに閉じていた唇を開いた。

「でも、僕には、王様がこんな命令を出した理由がわかるよ」

「どんな理由だよ？」

「王様は王様以外の者と、お互いの命を賭けた真剣勝負をしたいんだよ」

懐中電灯の灯りに照らされた悠人の瞳が宝石のように輝く。

「今回の命令は、王様が圧倒的に有利な命令じゃない。名前が2枚以上、紙に書かれた人物に罰を与えることを決めたら、逆に王様が罰を受ける。それでも、王様はこの命令を出した。もっと、王様ゲームを楽しむためにね」

「楽しむためって、自分が死ぬかもしれないんだぞ？」

「だからこそ、面白いんじゃないか！」

くすくすと悠人が笑った。

「これは、王様とそうでない者たちの命を賭けた勝負だよ。上手くやれば、王様ゲームはここで終わらせることができる。王様に罰を与えることでね」

「だけど、2枚以上、名前が紙に書かれた者を王様に選ばせないといけないってことだろ？　つまり、17人生き残っているから、みんなで話し合って調整しても…………8人になるか」

「みんなで話し合うのは無理だって。王様がその中にいるんだからさ」

「あ、そっか。王様にバレるわけにはいかないよな」

翔真は乾いた唇を舐めた。

――みんなで話し合うことができないのなら、ばらばらに名前を書くしかない。その場合、全員が紙に1枚しか名前を書かれていないパターンがある。あとは、無意味に3枚以上名前を書かれることもあるか…………。

「悠人、お前は誰の名前を紙に書くんだ？」

「それは言えないね」

悠人は懐中電灯の灯りを翔真に向けて微笑した。

「僕は翔真君が王様かもしれないと思っている。そんな相手に誰の名前を書くかを教えるわけないだろ？」

「まだ、俺が王様だと疑っているのかよ？」

「君が王様の可能性は、前より高くなっているからね。だって、まだ、生き残っているし」

「お前だって、生き残っているじゃないか？　それに、俺が王様なら、お前を尾行なんてしないよ。王様は自分が王様だとわかっているからな」

「それも王様の作戦かもしれない。誰かを疑って、自分は王様じゃないとアピールしているだけかもね」

「お前…………」

「まあ、君が絶対に王様だと断言しているわけじゃないよ。僕はホームズじゃないからね。だから、王様候補の順位をつけて、全員を疑っているのさ」

「全員か…………」

その時、翔真と悠人のスマートフォンが同時に着信音を鳴らした。

「また、メールかよ！」

翔真がメールを確認すると、送り主は龍義だった。

「龍義か…………」

「僕もそうだよ。第1会議室に集まろうって書いてある。とりあえず、話し合いをしようってことだろうね」

「そうだな。少なくとも、この命令なら、王様以外の者たちは争う理由がない。なんとか、ここで王様ゲームを終わらせないと！」

翔真は奥歯を強く噛み締めた。

【8月10日（日）午前1時30分】

「これで、全員が集まったか」

龍義はイスに座った16人の高校生たちを見回した。

「新しい命令は確認しているよな？」

「もちろんよ」

志玲が持っていたスマートフォンを軽く振る。

「でも、なんで、王様は自分自身が死ぬかもしれない命令を出したんだろ？」

「最初から死ぬ気なら、この程度の命令は出すさ。それに、悠人の考えでは、王様は命を賭けたゲームをやりたいみたいだ。王様以外の者たちとね」

「ふーん……悠人君の考えねぇ。まあ、いいや。それで、どうするの？　この中に王様がいるのなら、紙に名前を書く人物を相談するわけにはいかないよね？」

「そうだ。ここにいる全員で誰の名前を紙に書くかを決めれば、王様が罰を受けることはなくなる。つまり、全員での話し合いは不可能ってことだ」

「じゃあ、みんなで適当に自分以外の名前を書くの？」

「それでは、最悪、全員の名前が1人ずつ紙に書かれるだけで、意味がない。もちろん、全員が同じ名前を書いても、王様がその者を選ぶ確率は低くなる。だから……」

龍義はメガネの奥の目を細くして、視線を左右に動かす。

「王様だと思う人物を外して、話し合いをすべきだと思う」

「なるほどね。で、その王様だと思う人物は誰？」

志玲の質問に、第1会議室の中の空気が重くなった。

ジンシルが音を立てずに、イスから立ち上がる。

「海音が言ってたけど、昨日の命令は、控えの可能性があるみたいだね。なら、部屋に閉じ込めて監視していた邦友君たちも王様候補から外すことはできない」

「そうなるな」

龍義が低い声で言った。

「となると、邦友、悠人、ジュノを外すのは確定として、さらに、永明、グハンあたりか」

「おいおい、俺も王様候補かよ？」

グハンが唇を歪めるようにして笑った。

「俺がこんなバカなゲームをやるような男に見えるのか？　龍義」

「見えないからこそ、怪しく思えるんだよ。それに、君が人を殺すことに躊躇がないこともわかっているからね」

「それなら、お前もそうだろ？」

「僕が王様だと？」

「ああ。お前は海峰の次に頭がいいからな」

「それだけで、僕を疑うのかい？」

「いーや、俺が疑っているのは、2番目の命令でのお前の行動からだよ」

無精ひげの伸びたあごを擦りながら、グハンは首を傾ける。

「お前、あの時、ちゃんとカプセル剤を飲んでいたな？　毒が入っているかもしれないのに」

「そっ、そりゃ、飲まないと罰を受けるんだから、しょうがないだろ？　たしか、飲んだカプセル剤が一番少ない者に罰を与えるって命令だったはずだ」

「だけど、飲まないですむ方法を俺は言ったよな？　毒を飲んだフリをして、自分以外の3人に死んでもらう手があるって」

「あ、ああ。それが、どうしたんだよ？」

メガネのつるに触れながら、龍義は細い眉毛をぴくぴくと動かす。

「カプセル剤を飲んだ奴のほうが怪しいってことだ。なぜなら、王様はどの色のカプセル剤に毒が入っているか、わかっているんだからな」

「あ…………」

「あの時、永明や理緒はカプセル剤を飲んでいなかった。他にも飲まなかった奴が何人もいる」

「何人も…………」

「そうだ。頭のいい奴らは気づいていたんだ。飲むフリをすればいいってな。なのに、なぜ、お前は気づかなかった？　海峰の次に頭がいいお前が」

「そ…………それは、あの時、僕は動揺してて」

「動揺ねぇ。まあ、そう言うしかないだろうな」

グハンの頬の傷が吊り上がるように動く。

「そんなわけで、俺が王様候補なら、お前だって、他の奴らだって王様候補だ。もう、17人しか残っていないんだからな」

「じゃあ、どうするんだよ？　全員が王様候補なら、ばらばらに名前を書くしかなくなるぞ」

龍義の言葉に、無言だった海峰が口を開いた。

「3人以上のグループに分けるしかないな」

全員の視線が、海峰に移動した。

海峰は自分に集まった視線を気にしていないのか、普段どおりの表情で淡々と言葉を続ける。

「3人以上のグループに分けて、その中で誰の名前を書くかを相談する。そうすれば、誰の名前が2枚以上書かれたかは、王様には把握できないはずだ」

「待てよ、海峰」

翔真がイスから立ち上がった。

「その3人以上のグループって、どうやって分けるんだ？」

「お互いに、王様じゃないと思っている相手とグループになるしかない。それが正しければ、罰を受けにくくなる。だが、その中に王様がいれば……」

「名前が書かれていない奴がわかって、王様に指定されるか」

「そういうことだ。だから、グループ分けは重要になる。自分の命を守るためにもな」

海峰の言葉に、全員の顔が強張った。

【8月10日（日）午前2時43分】

部屋のドアから廊下に出てきた若英に、翔真は声をかけた。

「若英、美佳の調子はどうだ？」

「うん。今、眠ったよ」

そう言いながら、若英はドアをそっと閉める。

「やっぱり、疲れていたんだね。ずっと起きていたから」

「そっか………眠ってくれたのならよかったよ」

翔真はふっと息を吐き出した。

——美佳の心はまだ壊れたままだ。今回の命令なら、名前を書かせるだけだから問題ないけど、動き回らなければいけない命令だったらヤバイぞ。早く元気になってもらわないと。

「おい、翔真」

背後にいたトンハが翔真の肩を掴んだ。

「今度の命令、俺たち5人でグループを作るのでいいんだよな？」

「あ、ああ。そのつもりだよ。俺とトンハと邦友、そして、若英と美佳の中に王様がいるとは思えないしな」

「となると、誰の名前を2つ書くかだよな。5人だから、えーと………」

「2人だな」

邦友がぼそりとつぶやく。

「5人のグループなら、守ることができるのは2人になる」

「守る……………か」

まぶたを強く閉じて、翔真は思考した。

——名前を2つ以上書かれた者は、王様に指定されても罰を受けることはない。絶対に死なないんだ。だけど、そうでない者は、王様に指定されたら、罰を受けて死んでしまう。2人を助けることはできるけど、残りの3人は王様に指定されて、殺される可能性があるってことか。

閉じた唇の中で八重歯が軋んだ。

——この命令で、王様に罰を与えることができるかもしれないけど、それよりも、仲間を守ることを考えたほうがいいかもしれない。

「邦友………トンハ………」

「わかってるよ」

邦友が穏やかな顔で笑った。

「名前を2つ書くのは、若英と美佳にしよう、だろ?」

「………そうだ。つまり、俺と邦友とトンハは、王様に指定された場合、罰を受ける可能性がある」

翔真は視線を床に落として、肩を震わせた。

「だけど、俺は秋雄から、美佳のことを頼まれたんだ。それに、美佳と若英は女の子だ」

「ああ。こういう時は、男が女を守らないとな」

「翔真君、邦友君！」

若英が驚いた顔で、首を左右に振った。

「私はいいよ。女だからって、特別扱いはされたくないし」

「いや。こういう時は、男にかっこつけさせてくれよ」

邦友はそう言って、若英に白い歯を見せる。

「そうだろ？　トンハ」

「あ………ああ。もちろんだよ」

トンハは頬をぴくぴくと動かしながら、うなずいた。

「お、俺だって、男だからな。覚悟を決めてやるよ！」

——トンハ………邦友………。

翔真は瞳を潤ませて、トンハと邦友を見つめた。

——トンハも邦友も、自分が死ぬかもしれないのに、２つ名前を書く相手を若英と美佳にしてくれた。やっぱり、こいつらは俺の大切な友達だ。

邦友が人差し指を唇の前で立てた。

「他の奴らには、俺たちが誰の名前を２つ書くかを話さないようにしないとな」

「わかってる。俺だって死にたくないしな。俺たちのグループが誰の名前を２つ書いているか、わからないようにすれば、きっと、大丈夫だ」

翔真が声を小さくして言った。

「美佳が起きたら、美佳には若英の名前を書いてもらおう。若英は美佳にして、あと、俺が美佳の名前を書いて、邦友に若英の名前を書いてもらうか。これで、美佳と若英が罰を受けることはなくなる」

「おいっ、俺は誰の名前を書けばいいんだ？」

トンハが翔真に質問した。

「俺も若英か美佳の名前を書いていいけど、3つにしても意味ないよな？」

「あっ、そうだな。じゃあ………」

廊下側から足音が聞こえてきて、翔真たちは喋るのをやめた。足音はどんどん大きくなり、志玲が姿を見せた。

「あっ、翔真君！」

そう言って、志玲は翔真に駆け寄った。

「やっと、見つけたよ」

「見つけたって、俺に用があるのか？」

「もちろんだよ」

志玲はグロスを塗った唇を舐める。

「ねぇ、翔真君。あなたたちのグループって、5人だよね？　翔真君と邦友君、トンハ君、若英、美佳の」

「あ、ああ。そうだけど」

「で、その中で、誰の名前を2つ書くのか、決めているんでしょ？」

「それは、教えられないぞ。お前が王様の可能性だって、ゼロじゃないんだからな」

「わかってるって！　私の目的はそんなことじゃないから」

志玲はぐっと顔を翔真に近づける。白のTシャツを押し上げるように隆起した胸が、翔真の体に当たる。

「ねぇ、翔真君。あなた、私のグループに入らない？」

「は、はぁ？　俺がお前のグループに入る？」

「もちろん、この命令の時だけでいいよ。翔真君のグループは5人だからさ。2つ名前を書いて、守ることができるのは、2人になるよね。そして、それは、4人でも5人でも同じ。なら、1人、私のグループに移動したほうが効率いいでしょ？」

「お前のグループって、誰なんだよ？」

「龍義君とジュノ君だよ」

「龍義とジュノか…………」

翔真は唇を強く噛んだ。

——龍義は王様っぽくないけど、ジュノは俺たちが王様候補としてマークしている奴だ。パソコンが得意だし、子供の頃に小動物を殺していたんだからな。となると、志玲のグループは危険かもしれない。

「いいでしょ？　翔真君」

　志玲の声が猫撫で声に変化した。瞳を潤ませて、唇を半開きにする。その唇の奥でピンク色の舌が蠢いていた。

　翔真は顔を赤くして、志玲から離れた。

「ちょ、ちょっと待ってくれ。その前に質問がある」

「質問？」

「ああ。なんで、俺をグループに入れようとしたんだ？　俺が王様とは思わないのか？」

「思わないよ」

　志玲は即答する。

「私は推理力があるわけじゃないから、王様が誰かはわからない。でも、王様じゃない人はわかるの」

「それが俺ってことか？」

「うん。翔真君の性格は正義感が強くて、熱血タイプだよね。そんなタイプが王様とは思えない。もちろん、その性格は演技の可能性はあるけど、翔真君は演技力がなさそうだからね」

「じゃあ、龍義とジュノはどうなんだ？　あいつらも王様じゃないと思っているのか」

「………まあね。だけど、あの2人は………」

　言葉をにごした志玲に、翔真の眉が動いた。

「なんだよ?」

「とにかくさー、今回の命令は、王様を殺すチャンスじゃん。それなら、トラップの数は増やすべきでしょ?」

「トラップって、2つ以上名前が書かれた者のことか?」

「そう。私たちのグループは今、3人組よ。つまり、このままじゃ、トラップは1つしか作れない。でも、翔真君が入ってくれれば、トラップは2つ作れるってわけ」

「それはわかるけど………」

「あなたが王様じゃないのなら、協力するべきよ。そして、ここで、王様ゲームを終わらせるの。王様自身に罰を与えて」

志玲の瞳に狂気の色が見えた。

翔真は唾を飲み込んで、数秒間、沈黙する。

「たしかに、王様ゲームを終わらせるためには2つ名前が書かれた者を増やしたほうがいい」

「それなら、私のグループに入るべきだよ」

「………他の奴らもグループを作っているんだよな?」

「うん。グハン君は永明君、理緒とグループになったみたい」

「永明と理緒?」

「あの2人は2番目の命令の時にカプセル剤を飲まなかったからだよ。王様なら、カプセル剤の色で毒を判断できるはずだからね。まあ、それも王様の作戦かもしれないけど」

「あえて、カプセル剤を飲まずに、王様候補から外れる作戦か…………」

「そう。でも、永明君は王様じゃないんじゃかな」

視線を天井に向けて、志玲は腕を組む。

「永明君って、頭よさそうに見えて、ちょっと抜けているんだよね。だから、彼が王様なら、あえてカプセル剤を飲まないなんて方法は考えられないと思うよ。理緒はわからないけど」

「理緒が王様なら、そこまで計算するってことか？」

「そうね。理緒が計算高い性格ってことは、あの子に殺されかけたあなたなら理解しているでしょ？」

翔真と志玲の会話を聞いていた邦友が、閉じていた唇を開いた。

「志玲や海峰、海音もグループを作っているのか？」

「みたいだよ。海音は萌華と組んで、ジンシルと雪菜に声をかけているみたい。海峰君は悠人君とグループを組むみたいだね」

「海峰は悠人と組むのか？」

「海峰君は悠人君を王様だとは思ってないからね」

志玲は両手の平を上に向けて、肩をすくめる。

「悠人君の性格は、王様ゲームをやりそうなタイプに見えるんだけどなぁ」

「どうして、海峰は悠人が王様じゃないと思ったんだ？」

「それは、わからないよ。本人に聞いてみたら？」

志玲は翔真の手をぎゅっと握る。

「だからぁ、翔真君は私たちのグループに入ろうよ」

「…………いや、俺は海峰のグループに入るよ」

その言葉に、周囲にいた者の目が丸くなった。

「本気かよ！」

トンハが太い腕で翔真の両肩を掴む。

「悠人は王様かもしれないんだぞ？　それに海峰だって、王様じゃないと断言はできないだろ。もし、あいつらのどっちかが王様だったら、お前、死ぬかもしれないぞ」

「わかってる。でも、今のままだと2人組の海峰と悠人が王様に狙われる。自分の名前が書けないんだから、お互いに相手の名前を書くしかないからな。それだと、同じ名前が2つ書かれることはないから、王様にとっては絶対に罰を受けることなく、命令をクリアできる」

「それなら、海峰のチームとグハンのチームと志玲のチームが合わさればいいだろ？　そうすれば、合計8人になるし、トラップも4つ作れることになるよな？」

「冗談でしょ！」

志玲が冷たい視線をトンハに向ける。

「そんなに人数が多いグループになったら、その中に王様がいるかもしれないじゃない」

「あ、そっか」

「それに、グループをまとめたら、王様がトラップに引っかからずに命令をクリアした時が面倒なの」

「どういう意味だよ?」

「例えば、8人のグループの中で誰かが王様に指定されて死んだら、残り7人の中に王様がいるってことになるでしょ?　多すぎだよ。でも、これが3人のグループで誰かが死んだら、残った2人の中に王様がいるってことになる。つまり、王様候補を2人まで絞れるの」

「あ………」

「そうなったら、後は楽勝ってわけ。その2人を殺せば、王様ゲームはどっちにしても終わる」

「殺せば………」

トンハと志玲の会話を聞いていた翔真の声が掠れる。

「お、おいっ、志玲!　別に殺さなくてもいいだろ?　拘束すれば、命令は出せなくなるし」

「………そうね。私はシリアルキラーじゃないから、王様ゲームがそれで終わるのなら問題ないけど」

志玲はじっと翔真を見つめる。

「たしかに翔真君が海峰君のグループに合流してもらったほうがいいか。理想は、王様を自分自身が出した命令で殺すことだからね。そっちを止めろとは言わないよね?」

「ああ。今度の命令は必ず誰かが死ぬ命令だからな。王様か王様でない者かが………」

心臓を締め付けられるような痛みを感じて、翔真の顔が歪んだ。

【8月10日（日）午前4時22分】

部屋のドアを開けると、窓際に海峰と悠人がいた。翔真は歩幅を広くして、海峰に近づく。

「おいっ、海峰。俺をお前のグループに入れろよ！」

「お前を？」

海峰が切れ長の目をすっと細くする。

「そうだ。お前のグループは、まだ2人なんだろ？　それだと、王様にお前たちが指定されて、殺されるだけだからな」

「そうでもない」

「はぁ？　2人じゃ、お互いに相手の名前しか書けないじゃないか？」

「それが罠だと王様に思わせればいい」

海峰は淡々とした声で言った。

「この後、俺たちは他のグループに入っている、王様じゃないと思われる者たちに声をかけていく予定だった。その行動を見せるだけで、王様は俺たちを指定しにくくなるだろうな。王様にとって、2人だけのグループはできるはずないと思っているだろうから、逆にそれを利用する」

「そんなことを考えていたのか………」

「特に俺と悠人がグループを組んでいるのなら、なおさら、疑うだろうな」

「そ、そうだ。お前、何で、悠人とグループを組んだんだよ?」

翔真は海峰の隣でにこにこと笑っている悠人を指差した。

「こいつは、王様ゲームとは関係なく、人を殺そうとするような奴だぞ」

「悠人は王様じゃないからな」

「断言するのか?」

「ああ。王様は命令を自由に決められる。それならば、命令とは別に人を殺すこともないだろう。それに、その行動は王様の邪魔をしているともいえるからな」

「邪魔をしてる?」

「王様がシリアルキラーなら、殺人にこだわりがあると予想している。自分の体をケルドウイルスに感染させてまで始めた王様ゲームだ。なるべくなら、王様ゲームの内容だけで、人を殺したいと考えているだろう」

海峰の瞳が真横に動き、悠人の姿を映す。

「悠人にシリアルキラーの資質があるのは間違いない。だが、王様ゲームをやっている奴とはタイプが違う」

「タイプって、シリアルキラーのタイプってことか?」

「そうだ。悠人の性格は無邪気で明るさがある。だが、王様の命令にはそれがない。暗く陰湿で猟奇的だ」

「猟奇的?」

「4番目の命令は覚えているか?」

「あ、ああ。王様のメモを探して、その中に書かれた命令を6つクリアするやつだろ?」

「そうだ。あの中に書かれた命令は、猟奇的なものが多かった。きっと、王様は異常な殺し方に興奮するようなタイプだろう。だが、悠人は人を殺すことを楽しんでいるが、殺し方へのこだわりはないように見えるからな」

「殺し方へのこだわりか…………」

「2人とも、本人の前で好き勝手に言ってくれるね」

悠人がぷっと唇を尖らせる。

「でも、僕が王様でないのは正解だよ。僕が王様だったら、もっとゲーム性の高い命令を出すかなー。そのほうが面白いし」

「そうやって、王様候補から外れる作戦もあるな」

翔真が悠人を睨みつけた。

「俺はお前が王様じゃないと、決めつけるつもりはないぞ」

「でも、優秀な海峰君が僕のことを王様じゃないって断言してくれたんだよ? これで王様の可能性はだいぶ少なくなったと思うけどなぁ」

「…………まあ、海峰がお前を王様じゃないって言うのなら、今のところは信じてやるよ」

「ってことは、僕たちのグループに入ってくれるんだね?」

「最初から、そのつもりだったしな」

「ならば、作戦を変更するか」

海峰の声が小さくなった。

「俺たち3人でグループを作る。しかし、そのことを他のグループには話すな」

「あ、俺、志玲に話しちまったよ。海峰のグループに入るって」

「それは構わない。俺がお前を王様だと疑って、グループに入れなかったことにしておけ」

「お前と悠人は2人組のままで、王様にどちらかを指定させるってことか？」

「上手くいけば、50％の確率で王様に罰を与えることができる」

「その作戦なら、お前か悠人のどっちかの名前を2つにすることになるけど、1つ以下しか名前が書かれていない者が指定されたら、死ぬことになるぞ？」

「それは仕方がないだろう」

海峰は表情を変えずに言った。

「この命令は、王様以外にも危険な命令だ。守れるのは最大でも8人だからな。つまり、9人は王様に指定された場合、死ぬことになる」

「それが、自分でもいいってことか？」

「それ以外に方法がないのならな」

海峰は真っ直ぐに翔真を見つめた。

「俺と悠人はお互いの名前を紙に書くことにする。お前は俺か悠人のどちらかの名前を紙に書け。そして、それを誰にも話すな」

「………俺が好きに決めていいのか？」

「ああ。そうすれば、王様が罠にかかるかもしれない。ただ、お前が王様なら、無意味な作戦になるがな」

「俺は王様じゃないって！」

「その可能性は低いと思っているから、こんな作戦を提案したんだ。お前の性格も王様とはかけ離れているからな」

「そんな性格を演じているのかもしれないよ」

悠人がそう言って、ぺろりと舌を出す。

「そうやって、王様候補から外れる作戦かも」

「お前………」

「あはは。まあ、自分以外の全員を疑ったほうがいいってことだよ。とはいえ、この命令は王様を殺すチャンスだからね。とりあえず、翔真君が王様じゃないと信じて、動くしかないか」

「動くって、何をするつもりなんだよ？」

翔真の質問に、悠人の口角が吊り上がる。

「もちろん、他のグループに頭を下げるんだよ。『僕と海峰君は2人組なので、誰か仲間になって下さい』ってさ。そうやって、王様に安心してもらわないと。こんな演技は、海峰君には無理だろ？」

「お前も自分が死んでもいいって思っているのか？」

「死ぬのはイヤだよ。僕は自殺志願者じゃないしね。だけど、王様をこれで罠にかけられるのなら、積極的に行動するさ。僕の目的は王様を殺すことなんだから」

そう言って、悠人はぐっと親指を立てた。

【8月10日（日）午前5時40分】

誰もいない廊下の隅で、翔真はポケットから紙とボールペンを取り出した。

「海峰と悠人のどっちの名前を書くか…………」

ボールペンを持つ手がぴくりと動く。

——海峰は悠人が王様じゃないと思っているけど、それは絶対じゃない。そして、海峰が王様の可能性だってある。もし、どちらかが王様だったら、名前が2つ書かれない俺を指定するかもしれない。

体中の血が冷えていくような気がした。

——いや、今はあいつらが王様じゃないと信じるしかない。とにかく、王様がどっちを指定してくるかを考えないと。

額に滲んでいた汗がぽたりと床に落ちる。

翔真は海峰にも悠人にも好意的な感情を持っていなかったが、彼らが王様に指定されて殺されるのは、何としても避けたいと考えていた。

「くそっ！　海峰の奴、面倒な選択を俺にまかせやがって！」

八重歯を軋ませながら、翔真はまだ白い紙を凝視した。

——もし、俺が名前を書かなかったほうを王様が指定したら…………。

ボールペンの先端がぶるぶると震え出す。

「死ぬ気で考えろ。俺の選択で、王様ゲームを終わらせることができるかもしれないんだから」

結局、翔真が紙に『王海峰』の名前を書いたのは、数十分が経ってからだった。

【8月10日（日）午前8時40分】

海岸に押し寄せる波が朝の太陽に照らされ、きらきらと輝いている。その光景をぼんやりと見ていた翔真の背後から、砂を踏む音が聞こえた。

振り返ると、雪菜が息を弾ませて目の前に立っていた。

「翔真君、悠人君が言ってたけど、海峰君のグループに入れなかったって本当？」

「あ、ああ。本当だ」

数秒間の沈黙の後、翔真は引きつった顔で答えた。

「海峰のグループに入ってやるつもりだったけど、海峰の奴が、俺を王様候補かもしれないって言ったんだよ」

「そう………なんだ」

雪菜の表情が暗くなった。

「気にすんなよ。俺は邦友たちのところに戻ってもいいし、志玲からも誘われていたから」

「あ、それならよかった。もし、翔真君が１人だったら危険だと思って」

「雪菜は海音のグループに入ったんだよな？」

「うん。この命令の時だけ。ジンシルも海音のグループに入ったよ」

雪菜はふっと息を吐き出す。

「本当は海音とあまり関わりたくないんだけど、今回の命令はグループを作らなければ、生き残れないからね」

「ああ。そのほうがいいよ」

「だけど、このままだと、王様は海峰君か悠人君を指定するよね？　2人組じゃ、名前を2つ書いてどちらかを守ることが絶対にできないから」

「………そうだろうな」

翔真は心配そうな顔をしている雪菜を見つめた。

――雪菜が王様とは思えないけど、海峰の作戦は話さないほうがいいだろうな。ここは黙っておこう。

「ま、まあ、悠人が動いているみたいだから、他のグループと合流するかもしれない。そうすれば、王様も指定しにくくなるし」

「………うん。本当は海音を説得して、海峰君たちを仲間に入れるべきなんだろうけど、あの人、男は信用しないって言ってるから」

憂いを帯びた顔で、雪菜は視線を海に向ける。雪菜の横顔は白く、表情に疲れが見えた。

「ねぇ…………翔真君」

「ん？　何だ？」

「王様に誰も指定させない方法ってないかな？」

「指定させない方法か………」

「うん。例えば、12時以降は全員、同じ場所に集まるとか」

「それは俺も考えたよ。でも、メールを読む限り、王様は罰を与えることを決めるだけでいいんだ。それなら、心の中で強く念じてもよさそうだからな。または、小さな声でつぶやくとか」

翔真の表情が険しくなる。

「きっと、王様は俺たちに監視される可能性も考えて、あの命令を出したんだろうな」

「そっか。王様って、頭がいいんだね」

「いや、バカだよ」

「バカ………………」

「ああ。頭のいい奴なら、王様ゲームなんかやらないからな」

「それは…………そうだよね」

沈んだ声を出して、雪菜はうなずく。彼女が履いていた白いサンダルに波が当たり、飛沫が足を濡らしている。

「………翔真君、私、あなたに話したいことがあるの」

「話?」

「私、海音のグループに入っているけど、私の名前は誰も紙に書かないんだ」

「お、おいっ！　自分のグループ以外の奴にそれを話したらダメだろ?」

「翔真君は王様じゃないと思っているからだよ。それに、自分のこと以外は話さないから」

「でも、何で俺に話したんだ?」

「翔真君のことが、好きだからだよ」

「え………？」

翔真はぱかりと口を開けて、目の前にいる雪菜を見つめる。

「………俺を好き？」

「そうだよ。そんなに驚くことじゃないでしょ？　あなたには命を助けてもらったし」

翔真の反応が面白かったのか。雪菜は微笑する。

「そうそう。返事は必要ないからね」

「必要ない？　そ、それでいいのか？」

「うん。こんな状況で突然告白されても、まともに考えられないでしょ？　それに、私は告白したことで満足したから。これで、思い残すこともない」

「思い残すことって………」

「だって、王様が私を指定したら死ぬしかないでしょ？　私の名前は誰も紙に書いていないんだし。だから、告白したんだよ」

「雪菜………」

翔真は何を言っていいのかわからず、半開きになっていた唇を閉じた。

——雪菜のことは嫌いじゃない。ちょっと強気な性格だけど、根は素直だし、個別の命令の時には俺を助けてくれた。でも、俺は………。

自分に告白してくれたミリの姿が脳裏に浮かんだ。

——そうだ。俺は告白してくれたミリを殺した。灯台の壁に触れたら死ぬことを知っていたのに、あいつに話さなかったんだ。そんな俺が恋人を作るなんて、ありえない。

こぶしを震わせている翔真の腕に雪菜が触れた。

「翔真君は何も言わなくていいんだよ。翔真君が何を考えているか、なんとなく、わかっているしね」

「わかっている？」

「ミリのことでしょ？」

「………どうして、そう思ったんだ？」

「翔真君がすごく苦しそうな顔をしていたからね。きっと、私と同じようにあなたを好きだったミリのことを思い出しているんじゃないかなーってさ」

雪菜は触れていた翔真の腕をポンと叩いた。

「あんまり考え込まないほうがいいよ。私が告白したせいだろうけどさ」

「………そうだな。今は王様ゲームを終わらせることを考えないと」

自分に言い聞かせるように、翔真は強い口調で言った。

【8月10日（日）午後0時0分】

スマートフォンで時間を確認した翔真の顔が歪んだ。

「これから、王様が誰かを指定するってわけか」

その言葉に、同じ部屋にいた邦友とトンハの表情が険しくなった。

トンハは食べていたスナック菓子の袋をゴミ箱に放り投げて、イスから立ち上がる。

「これが最後の食事にならないといいけど………」

「おい、トンハ。気をつけろよ。王様が今の言葉を聞いていたら、お前を指定してくるかもしれないぞ」

「あ………」

トンハは大きな手で自分の口を押さえる。

邦友がちらりと閉まっているドアを見た。

「多分、これぐらいの声なら大丈夫だろうが、翔真の言う通り、注意したほうがいいな。なんなら、ブラフをやってもいい」

「ブラフ?」

「自分が2つ名前を書いてもらっているつもりで、堂々と行動するんだよ。そうすれば、王様はトンハを指定することを躊躇するかもしれない」

「たしかにそうか。おどおどしてたら、危ないな」

「まあ、ぎりぎりまで、誰の名前を書くかを決めていなかったグループもあるみたいだし、王様も悩んでいるかもな」

そう言って、邦友は腕を組む。

「さて、これから、どうするかだ。全員集まって王様の動きを制限する方法もあるが、それをやると、王様も名前を書かれていない者を見つけやすくなる。演技が苦手な者もいるだろうしな」

「逆に王様は、心の中で罰を与える者を決めるだけでもいいかもしれない。それなら、真横に王様がいても、気づかない……………か」

翔真のつぶやきに、邦友がうなずく。

「そうなると、このまま、グループだけで集まっていたほうがいいかもしれない。王様に情報を与えないためにも」

「それなら、他のグループにも伝えておいたほうがいいか」

「ああ。全員にメールを送ろう。メールの内容は王様にばれても問題ないからな」

邦友はスマートフォンを操作して、メールを打ち始めた。

その時、ドアをノックする音がした。

翔真が返事をすると、若英が美佳の手を引いて部屋に入ってきた。

「若英、どうしたんだ?」

翔真の質問に、若英の整った眉が中央に寄った。

「美佳が秋雄君に会いたいって、言ってるの」

「秋雄にって、秋雄はもう………」

翔真は若英の隣にいる美佳を見た。

美佳はきょろきょろと部屋の中を見回している。その視線が翔真の視線と重なった。

「翔真君………秋雄君はどこ?」

「美佳………」

翔真の声が震えた。

「秋雄は………秋雄は死んだんだよ」

「死んだ?」

「ちゃんと話しただろ? 秋雄は崖から飛び降りたって」

「どうして、飛び降りたの?」

「お前を助けるためだよ。秋雄はお前を助けるために自分の命を捨てたんだ」

「………そう」

美佳の視線が翔真から外れた。だらりと両手を下げて、銅像のようにその場で動きを止める。

数十秒後、美佳の唇がゆっくりと開いた。

「………ねぇ、翔真君」

「ん? 何だ?」

「秋雄君はどこにいるのかな?」

同じ質問を繰り返す美佳に、翔真の顔が強張った。

若英が美佳の肩にそっと手を乗せた。

「美佳、とりあえず、ここにいようよ」

「そうだね。秋雄君が戻ってくるかもしれないし」

美佳はそう言うと、秋雄が使っていたベッドの上に腰を下ろして、ぶつぶつと秋雄の名前をつぶやき始めた。

若英は翔真の耳元に唇を寄せる。

「私たちもここにいていいかな？　みんなといたほうが美佳も落ち着くと思うし」

「あ、ああ。そのほうがいいよ。俺たちは同じグループだからな」

「王様が名前を書かれていない人を探ろうとするってこと？」

「かもしれない。でも、このまま、グループで行動すれば王様は何の情報も得ることはできなくなる」

「………そっか。みんなが集まるより、そのほうが安全かもしれないね」

「だから、邦友がみんなにそうしようって、メールを送っているところだよ」

「今、送ったよ」

邦友がスマートフォンの画面を見ながら言った。

「これでも動き回っている奴がいたら、逆に怪しいかもな」

「おい、邦友」

トンハが邦友に声をかけた。

「他のグループと話さなければ、問題ないんだよな？」

「ああ。どこかに行くのか？」

「食堂だよ。王様がいつ指定してくるかわからないけど、最悪、今夜0時までかかるんだろ？　それなら食糧も手に入れておかないとな」

「それなら俺も行くよ」

翔真が右手を上げた。

「トンハだけじゃ心配だしな」

「おいっ！　俺だって、自分の命がかかっているんだから、注意するぞ」

「さっきも危険な発言をしてただろ？」

「あ、あれはこの部屋の中だったからだよ」

トンハが膨らんだ頬をぶるぶると揺らす。

「あ、でも、お前がいてくれたほうが助かるな。みんなの飲み物も部屋まで運びたいし」

「それなら、俺も行こう」

邦友が片手を上げた。

「もし、誰かがお前たちに接触してくるなら、その時の発言もチェックしておきたいからな」

「王様を見つけるためか？」

翔真の質問に、邦友は首を縦に振る。

「考えたくはないけど、王様がこの命令をクリアする可能性はあるからな。その時に、誰が王様かを推理する材料は増やしておくべきだ」

「命令をクリアする可能性か…………」

翔真はごくりと唾を飲み込んだ。

【8月10日（日）午後0時45分】

翔真たちは厨房の倉庫で、ペットボトルの水をダンボールに詰め始めていた。

「おい、翔真。パイナップル味のお菓子食べるか？」

「俺はいいよ。でも、他の奴らの分はちゃんと残しておけよ」

「それは大丈夫だって。食糧は研修の最終日まで余裕があるみたいだからさ」

「それならいいけど」

「あら、翔真君？」

突然、食堂側から女の声が聞こえてきた。振り返ると、そこには志玲と龍義、ジュノがいた。

志玲は翔真の持っているペットボトルをちらりと見る。

「翔真君たちも食糧調達に来たってことか」

「おいっ、志玲！」

「わかってるって。今回の命令の話はナシでしょ。私のグループには王様がいないから、そのほうが安全だしね」

「俺たちのグループにも王様はいないぞ」

「でも、翔真君は頭のいい海峰君に疑われたんでしょ？　それなら、翔真君も怪しいなあ」

「…………それは、海峰が間違っているんだよ」

翔真は短く舌打ちをした。

「せっかく、俺があいつのグループに入ってやろうと思ったのに」

「だから、私のグループに入っておけばよかったのにね。まあ、海峰君から疑われたのなら、私も翔真君はグループに入れたくないけど」

「そうだな」

志玲の背後にいた龍義が口を開いた。

「あとは王様がトラップにかかるかどうか…………と、その話はしないほうがいいな」

「うん。王様に情報を与えるのは避けたほうがいいし。でも、それだと、話すことがあまりないよね」

「無理に話す必要はないさ。こっちも食糧を取りに来ただけだからな」

龍義は翔真の隣にいる邦友に鋭い視線を向ける。

「邦友…………僕は君が王様だと思っている」

「知っているよ」

邦友が低い声で言った。

「だけど、俺は王様じゃない」

「それが証明されるといいな。君が王様でなかったら、ちゃんと謝罪するよ」

「謝罪なんて必要ない。俺だって、お前を疑っているからな」

「僕を疑う？」

龍義の頬がぴくりと動いた。

「僕のどこが王様なんだい？」

「別にお前だけじゃないよ。俺は自分の仲間以外は、完全に信用はしていないからな。だから、志玲だって、ジュノだって王様かもしれないと思っている」

その言葉に、ジュノがふっとため息をついた。

「もう、王様だと疑われるのにも慣れてきたよ。パソコンに詳しいだけで、ここまで疑惑の目を向けられるのはつらいよ」

「それだけじゃないだろ？」

翔真がジュノの前に立った。

「美美先生から聞いたぞ。お前の過去の話を」

「僕の過去？　そうか……美美先生から聞いていたんだ……」

ジュノの声が暗くなった。

「教師として失格だな。そんな話を関係のない君にするなんて」

「ん？　何の話？」

志玲の整った眉がぴくりと動いた。

「ジュノ君、過去に何をしたの？」

「小学生の頃、ハムスターと猫を殺したことがあったんだよ」

「はぁ？　何それ？　私は知らなかったんだけど」

「先に言っとくけど、過去のことだからね。今はそんなこと、やってないしやる気もない」

ジュノはじっと翔真を見つめる。

「たしかに僕は幼い頃、小動物を殺した過去がある。でも、それは異常ってほどでもない。誰だって、虫を殺したことはあるだろ？　家に入り込んできたゴキブリやムカデをさ」

「虫と動物じゃ違うだろ？」

「同じ命ある生き物じゃないか？　それとも、君は虫なら何千匹殺しても異常じゃないと？」

「常識的にハムスターや猫を殺すのはおかしいってことだよ！」

翔真の口調が強くなった。

「普通の奴はハムスターや猫を殺すことなんてないぞ」

「それは僕もわかっているよ」

ジュノは悲しそうな顔をした。

「だけど、小学生の頃の僕には、そんなことわからなかった。友達がセミやバッタを殺しているのを見て、それなら、ハムスターや猫を殺してもいいと思った。当然、両親からは死ぬほどおしりを叩かれたよ。二度とこんなことするなってね」

当時のことを思い出したのか、ジュノは苦笑した。

「それ以来、僕は虫も殺さなくなった。自分の血を吸っている蚊でさえも、追い払うだけだよ」

「ハムスターや猫を殺したのも、快楽のためじゃなかったってことか？」

「もちろんだよ。証明することはできないけどね」

「うーん」

志玲がうなり声を上げて、ジュノを見つめる。

「まあ、いまさら、ジュノ君を疑っても、どうにもならないけど」

「僕は王様じゃないから安心してもらっていいよ。とにかく、僕が小動物を殺したのは過去の話で、今は違う」

「どっちにしても、もうすぐ誰が王様かわかるでしょ。2つ以上名前を書かれていた人が死んでいたら、その人が王様確定だし。それ以外の場合は…………えーと、王様と王様に指定された人の両方の可能性があるか」

「そうだね。だけど、その場合も次の命令が来るかどうかで、王様かそうでないかはわかるよ」

「次の命令か…………」

深く息を吐き出して、志玲はスマートフォンで時間を確認する。

「今、ちょうど1時だから、残り11時間以内に王様は動いてくることになるね。とりあえず、それまで、他のグループとは接触しないように…………」

「あ…………」

突然、龍義が声を出して、喉元を右手で押さえた。

翔真たちの視線が龍義に集まる。

「どうしたんだ？　龍義」

「い、いや…………ケガをしたみたいだ」

「ケガ？」

「うん。首から血が出ているんだよ」

そう言って、龍義は喉元を擦るように動かす。

「どこかにぶつけたのかもしれない」

「見せてみろよ」

「あ………ああ」

龍義が喉元から手をどけると、血が擦れた跡が残っている。

「たしかに血が出ているみたいだな」

「どこから血が出ているか、わかるか？」

「うーん………」

翔真は龍義の喉元に顔を近づけた。よく見ると、真横に赤い線を引いたように血が染み出している。

「なんだこれ？　変な傷だな」

「深いのか？」

「いや………深くはないみたいだけど………」

「まいったな、とりあえず、包帯でも巻いておくか」

「そのほうがいいぞ。ちゃんと消毒して………」

その時、龍義の喉元の傷が僅かに開いた。そのすき間から、赤い血がだらだらと流れ始める。

「お、おいっ！」

「どうしたんだ？　翔真」

驚いた翔真の顔を見て、龍義は自分の喉元に触れる。その手の平が血で真っ赤に濡れた。

「バカな…………」

龍義は両手で自分の首を押さえた。だが、指のすき間から血は流れ続ける。いつの間にか、龍義のＴシャツが赤く染まっていた。

「あ…………あああああ」

龍義は天井に視線を向けたまま、両手を喉元から離した。ぱっくりと開いた傷がさっきより広がっている。まるで、巨大な口のようだ。

「う…………ウソだろ？」

翔真は呆然とした顔で龍義を見つめた。周囲にいる者たちも、驚愕の表情で龍義を凝視している。

「助け…………」

龍義の言葉が途切れ、ゴボゴボと不気味な音が聞こえてくる。

やがて、龍義の首が背中側から床に落ちた。

「あ…………」

翔真の目の前に、頭部のない龍義の体が立っている。首の断面からは、いまだに血が流れ出しており、上半身がゆらゆらと揺れていた。

「ひ、ひっ！」

志玲の悲鳴が食堂の中に響きわたると同時に、龍義の体が前のめりに倒れた。ぐしゃりと音がして、周囲に血が飛び散った。

「くそっ！　王様ゲームの罰か………」

翔真は痛みに耐えるように奥歯を強く噛んだ。

「なんで、王様は龍義を指定できたんだよ？」

「いや………龍義が王様の可能性もある」

邦友が青白い顔で言った。

「龍義が王様で、誰かを指定した。その相手が紙に2つ名前を書かれていて、罰を受けたかもしれない」

「………そうか。龍義が王様の可能性もあるのか」

「ああ。龍義は俺たちの近くにいたけど、心の中で指定する相手を決めたのかもしれない。それなら、自分の周りに人がいる時にやったほうがいいからな」

邦友はポカンと口を開けている志玲の腕を掴んだ。

「志玲、龍義の名前は2つ書かれてあったのか？　もし、それで龍義が罰を受けたのなら、龍義が王様で確定する」

「………龍義君の名前は………書いてなかったよ」

志玲は荒い呼吸を繰り返しながら、邦友の質問に答えた。

「そうか。なら、次の命令が来るかどうかで判断するしかないな」

「次の命令？」

「龍義が王様でないのなら、きっと来るだろう。ここで王様ゲームをやめるとも思えない」

「龍義君が王様でないのなら、誰が王様なの？」

「可能性が高いのは、君とジュノだ」

「わ、私が王様？」

「龍義は君たちのグループに入っていた。そして、龍義の名前が2つ以上書かれていないことを知っているのは、君とジュノだけになるからな」

邦友の言葉に、志玲とジュノは強張った顔でお互いを見つめた。

【8月10日（日）午後2時30分】

第1会議室に入ると、他のグループの者たちが志玲とジュノを取り囲んでいた。

「ちょっと待ってくれよ！」

ジュノは自分に向けられている疑惑の目を遮るように、両手を左右に振った。

「神様に誓って、僕は王様じゃない！」

「そんな言い方されても、信じられないよ」

ジンシルがいつもより低い声を出した。

「あなたは志玲、龍義君とグループを組んでいた。そして、龍義君が死んだ。当然、王様は龍義君が2つ以上名前を書かれていないことを知っていたあなたと志玲になるよね」

「龍義が王様の可能性もあるだろ？」

「もし、龍義君が王様なら、あなたと志玲のどちらかが死んでいるよ。だって、同じグループなんだから、2つ以上名前が書かれていないほうを指定できるでしょ？」

「なら、志玲が王様なんだよ！」

「私が王様なわけ、ないでしょ！」

志玲が平手でテーブルを叩いた。

「ジュノ君、あなたならわかっているはず。私が王様なら、あんなことするわけないんだから」

「あんなことって何？」

ジンシルの質問に、志玲はグロスを塗った唇を強く噛んだ。

「それは、あなたには関係ないことよ」

「どんな情報でも知っておきたいんだけど。それで王様が誰かわかるかもしれないし」

「だから、王様とは関係ない話なの」

ジンシルと志玲の会話を聞いていた悠人が、2人の間に割って入った。

「いやぁー、美女同士の争いはいいいね。怒っている顔も魅力的だよ」

「はぁ？」

志玲は整った眉を吊り上げて悠人を睨む。

「こんな状況で、魅力的って言われても嬉しくないから」

「じゃあ、こんな言葉はどうかな？　龍義君の名前が2つ以上書かれていないことは、君たちのグループ以外の者でも予想できたとか」

「そんなこと、ありえないよ。予想なんてできるはずがないし」

「龍義とジュノが書いたのは、君の名前だろ？」

「………どうして、そう思うの？」

「君が言っていた『あんなこと』が何か、わかっているからだよ」

悠人の視線が志玲のふくよかな胸元に移動する。

「この命令ってさ、王様を罠にかけることが理想ではあるけど、自分の命も大事だよね？　自分の名前が2つ以上紙に書かれていれば、自分が死ぬことはありえない。当然、誰だって、自分の名前を2つ以上書いてもらいたい。そこで、君は龍義とジュノにお願いした。自分の名前を書いてくれって。そして、そのお礼として、美しい体を差し出したと」

「か、体……………？」

翔真の目が丸くなった。

「お、おい、体って…………」

「翔真君だって高校生なんだから、わかっているだろ？　志玲はその魅力的な体を利用して、自分の安全を買ったんだよ」

「そんなことまで…………」

「やるに決まってるでしょ！　セックスするだけで安全が手に入るんだから」

志玲はそう言って、短く舌打ちをした。

「悠人君、なんで、そのことを知っていたの？」

「君の部屋に行ったんだよ。僕と海峰君を君たちのグループに入れてくれって頼もうと思ってね。そしたら、ドアをノックする前に君のあえぎ声が聞こえてきてさー」

「それだけじゃ、わからないでしょ？　普通に愛し合っていただけかもしれない」

「あんな命令が出た後に、計算高い君が意味もなくそんなことやるわけないだろ？　当然、何かの報酬だと思ったよ」

悠人は首を左右に振って、肩をすくめる。

「王様も僕と同じように、君のあえぎ声を聞いたのかもね。そして、君たちのグループが誰の名前を2つ書くかを予想した。そう考えれば、君やジュノ君が王様じゃない可能性もあるってこと。そのせいで、僕たちのトラップも意味がなくなってしまったよ」

「……………トラップって何？」

「そんなこと、もう、どうでもいいよ。とにかく、龍義君は死んで、残り16人になった。そして、生存者の中に王様がいるだろうね」

悠人の言葉を聞いて、翔真の背中に浮かんでいた汗が冷たくなった。

命令9

【8月10日（日）午後11時50分】

翔真、邦友、トンハ、若英、美佳は紅島館から500メートル程離れた海岸に集まっていた。砂の上に座っている翔真の目の前で、オレンジ色の炎に包まれた薪がパチパチと音を立てている。その灯りが、周囲をぼんやりと照らしていた。

「そろそろ、次の命令が来るかもしれない」

邦友がスマートフォンの画面を見ながら、ぼそりとつぶやいた。

「トンハ、すぐに動けるように準備しておけよ」

「わかってるって」

トンハは隣に置いてある大きく膨らんだリュックをパンパンと叩いた。

「食糧と水はこれだけあればなんとかなるだろ？」

「そうだな。まあ、どんな命令が来ても、基本は24時間以内に終わるはずだから」

「だけど、ここまで準備しているのは俺たちぐらいかもな。まだ、命令もわからないし」

「状況によっては、研修生同士で争うことになるからな。少し離れておいたほうがいいだろう。特にこれからはな」

「特に？」

「そうだ。生存者は16人、男が8人に女が8人だ。ここまで数が少なくなると、王様以外にも積極的に動く者が出てくるかもしれない。王様と思う者を殺そうと考える奴がな」

「王様を殺す…………か」

翔真はオレンジ色の炎をじっと見つめた。

——王様は一体誰なんだ？　俺たちがマークしているジュノと永明と悠人の可能性が高いとは思うけど、他の奴らだって怪しい。とにかく、王様を特定しないと。

「なあ、翔真」

トンハが翔真に声をかけた。

「王様が女の可能性も考えておいたほうがよくないか？」

「うーん、俺もそれは考えたけど、海音が言ってたんだよ。4番目の命令の時に、永明がクジ引きで女を殺しただろ？　あの命令は王様が女なら、準備できない命令ってな」

「あーっ、そっか。たしかに永明が王様を指定したら、それで王様ゲームは終わってたわけか」

「そうなんだよ。まあ、王様が女で死ぬつもりなら、そんな命令だって、どんどん出してくるだろうけどさ」

翔真はその時の状況を思い浮かべた。

「あの時、女はみんな怖がっていたんだよな。当たり前だけど」

「だけど、それなら、大人が未成年を殺す命令だって危険だぞ。土水さんに全員が殺されたかもしれない」

「たしかに、そうか…………」

翔真はうなり声を上げて、若英を見る。

「若英は女の中で怪しいと思っている奴とかいるか？」

「えっ？　わ、私？」

若英は美佳の頭を撫でていた手を止めた。

「ああ。女同士のほうが怪しい奴がわかるかもしれないと思ってさ」

「………気になる人なら、ジンシルと海音かな」

「ジンシルと海音か………」

「うん。ジンシルは感情が薄い気がするんだよね。それが、作られた性格かもって思って。海音は男嫌いなところが気になって」

「たしかに、海音は男嫌いだよな。でも、それなら、もっと男が苦しむような命令を出す気もするけど」

「そう………だよね」

若英の声が小さくなった。

「やっぱり王様が誰かなんて、私にはわからないよ。推理小説は好きだけど、犯人を当てたことないし」

「へーっ、若英は推理小説が好きなのか？」

「うん。怖い系の小説も好きだよ。現実でないのなら、そんなに怖くないから」

翔真と若英の会話を聞いていた邦友がため息をついた。

「結局、誰でも王様の可能性はあるんだよ。どこかに隠してあるスマートフォンか携帯電話から、命令を送るだけでいいんだからな。それに、周りに人がいて命令が送れない場合でも、控えの命令が準備してあるのなら、どうにもならない」

「そのスマホか携帯電話を見つけるしかないってことか？」

「あとは、ナノクイーンがインストールされたパソコンそのものだな。きっと、この島のどこかに隠してあるんだろう」

「それなら電気はどうやっているんだ？」

「ノートパソコンをバッテリーで動かしているんだろう。バッテリーを何個も繋げておけば、電気はなんとかなる。最近のノートパソコンは性能いいからな」

　邦友は視線を島の中央にある山に向けた。

「山の中にでも隠しておけば、見つけるのは不可能に近いだろうな。それか、廃墟の家の中か」

「でも、そのパソコンを見つけたら、王様が誰かわからなくても、王様ゲームを終わらせることができるよな？」

「…………ああ。だけど、それは不可能に近いぞ。小さな島といっても、ノートパソコンを隠す場所はいくらでもあるからな」

「それでも探したほうがいいかもしれない。少しでも王様ゲームを終わらせる可能性があるのなら…………」

　突然、翔真たちのスマートフォンが着信音を鳴らした。

「くっ！　やっぱり来たか」

　翔真はスマートフォンをポケットから取り出して、液晶画面を確認した。

【8／11月00：00　送信者：王様　件名：王様ゲーム　本文：これは紅島にいる者全員で行ってもらう王様ゲームです。王様の命令は絶対なので、24時間以内に必ず従って下さい。※途中棄権は認められません。＊命令9：吉村悠人、キム・グハン、高橋理緒は、自分たち以外の者を合計で5人殺せ。5人が殺された時点で命令は終了する。彼ら以外の者は人を殺すことを禁止し、個別の制限をつける。＊天海翔真への制限：1時間ごとに1キロメートル以上の移動をしろ。命令に従わない者には罰を与える】

「1時間ごとに1キロ以上の移動か…………。邦友、トンハ、お前たちの制限は何だ？」

「俺は建物の中に入ったらダメらしい」

「俺は1万歩以上、移動することを禁止するって書いてある」

　邦友とトンハがほぼ同時に答えた。

「若英は？」

「私は…………紅島館の壁に触れろって書いてあるよ」

「紅島館の壁？　それは危険だぞ。グハンたちがいるかもしれない」

「う、うん。でも、やらないと罰を受けるよね？」

「そう…………だな。いつでもいいみたいだから、少し時間をおいて紅島館に戻ろう。美佳の制限も確認してみてくれ」

翔真がそう言うと、若英は美佳からスマートフォンを受け取り、王様からのメールを確認する。

「えーと…………『1時間以内に林永明と合流して、その後、2人だけで行動しろ』って書いてある」

「永明と？」

「う、うん。私、日本語は読めるから、間違ってないと思うけど」

「1時間以内って、やばいじゃないか？　あいつがどこにいるかなんてわからないぞ」

「俺が電話してみるよ」

邦友がスマートフォンを操作して、永明に電話をかけた。数十秒後、スマートフォンのスピーカーから永明の荒い息づかいが聞こえてきた。

「なんだよ、こんな時に！」

「お前、今、どこにいるんだ？」

「海岸の近くの道を走っているよ。グハンたちから逃げるためにね」

「海岸？　南側のか？」

翔真がスマートフォンに顔を近づけて、永明に質問した。

「…………そうだよ。あいつら、やばいぞ。速攻で志玲を殺したみたいだ」

「志玲を殺した？」

「ああ。僕は命令を警戒して、紅島館の裏手の茂みに隠れていたけど、廊下の窓から理緒が志玲をナイフで刺し殺したところを見たんだ。きっと、逃げ遅れたんだろうね」

「理緒が…………」

「理緒に殺されそうになった君ならわかっているだろ？　あいつは自分が生き残るためならなんだってするさ。そして、グハンと悠人もそういうタイプだろ？」

永明の声に混じって、ガサガサと音が聞こえてくる。どうやら、茂みの中に入っているようだ。

「それで、何の用だよ？　こっちは個別の制限で、午前2時までに山の中に入らないといけないんだよ」

「それなら、まだ、時間は余裕じゃないか。こっちは時間がないんだ！」

翔真の声が大きくなった。

「美佳の個別の制限が、1時間以内にお前と合流することなんだよ」

「…………美佳と僕が？」

「そうだ。とにかく、俺が美佳を連れて行くから、お前のいる場所を教えろ！　今すぐにだ」

「君たちはどこにいるんだ？」

「南側の海岸だよ。だから、お前は俺たちの近くにいるはずだ」

「…………わかった。じゃあ、海岸の道沿いに青色の屋根がある家があっただろ？　あそこに来てくれ。そこで詳しい話を聞くよ」

「よし！　絶対にグハンたちに見つかるなよ」

そう言って、翔真はスマートフォンから顔を離した。

「俺が美佳を永明のところに連れて行く。邦友は若英と行動してくれるか？」

「わかった」

邦友は周囲を警戒しながら、首を縦に振る。

「俺の制限は、建物の中に入ったらダメってだけだからな。若英と一緒に行動しても問題ない」

「若英を紅島館の壁に触れさせてやってくれよ」

「もちろんだ。グハンたちが紅島館から離れた時がチャンスだな」

「俺は独りで行動するよ」

翔真と邦友の会話を聞いていたトンハが口を開いた。

「俺の制限は1万歩以上、移動することが禁止だからな。どこかに隠れるしかない」

「見つかるなよ、トンハ」

「ああ。悠人や理緒はとにかく、グハンと戦って勝てるわけないからな」

「よし！　じゃあ、みんな、絶対に死ぬなよ！」

翔真はこぶしを握り締めて、全員の顔を確認した。

【8月11日（月）午前0時34分】

青い屋根の民家に入ると、廊下の奥から永明の声が聞こえてきた。

「翔真君だね？」

「ああ。美佳を連れてきたぞ」

翔真は美佳の手を引っ張って、廊下の奥に移動した。そこには、永明がナイフを持って立っていた。永明は鋭い視線を美佳に向ける。

「…………美佳は相変わらず壊れたまま…………か」

「しょうがないだろ。恋人の秋雄が死んだんだぞ」

翔真は永明を睨みつける。

「とにかく、美佳はお前に預けるから、ちゃんと守ってやってくれ」

「守る…………ねぇ。どうして、僕がそんなことをしないといけないんだい？」

「美佳はお前と一緒に行動しないと、罰を受けるんだよ」

「でも、僕は罰を受けないよね？」

唇を歪めるようにして、永明は笑った。

「正直、僕にとっては迷惑なんだよ。この状況で、壊れた女の世話をするのはさ」

「お前…………」

「怖い顔しないでくれよ。僕は自分の命が最優先なんだ。それは悪いことかな？　それとも、自分の命を危険に晒して、他人の彼女を守ってくれと？」

「…………頼む、永明」

翔真は深く頭を下げた。

「俺は秋雄と約束したんだ。美佳を守るって。でも、この命令じゃ、俺はどうすることもできないんだよ」

「そんなに友達の恋人を守りたいんだ？」

「そうだ！　秋雄は死んでも俺の親友だからな」

「…………わかったよ。翔真君がそこまで言うのなら、僕が美佳を守ろう」

「本当か？　ありがとう、永明」

「そのかわり、君も僕の頼みを聞いてくれよ」

「頼み？」

「ギブアンドテークだよ」

そう言うと、永明は目尻にしわを寄せた。

「僕は山の西側にあるトンネルの中に隠れるつもりなんだ。だから、君はおとりになって、グハンたちを他の場所に誘導して欲しい」

「俺におとりをやらせるつもりか？」

「それぐらいいいだろ？　それにさ、僕が見つかって殺されるってことは、一緒にいる美佳も殺されるってことだよ？　僕と美佳は2人だけで行動しないといけないんだからさ」

「それは…………」

「僕を守るためじゃなく、美佳を守るための行動だと考えてくれよ。それなら、秋雄君との約束でもあるんだろ？」

「…………俺がおとりをしたら、美佳を守ってくれるんだな？」

低い声で翔真は質問した。

「ああ。それなら、僕にもメリットがあるからね」

「よし！　それなら、俺がおとりになる！　美佳を頼んだぞ、永明」

「わかってるって。今回の命令では、僕たちが人を殺すことは禁止されているんだ。だから、美佳に危害を加えることはないよ。大切に守ってやるさ。大切にね…………」

永明は薄く青白い唇を湿らせるように舌で舐めた。

【8月11日（月）午前3時26分】

廃墟の病院の裏手で翔真は荒い呼吸を繰り返した。

「………よ、よし。これで、1キロ以上は移動したはずだ」

そうつぶやきながら、視線を空に向ける。空にはぽっかりと月が浮かんでいて、病院の外観を照らしている。

「おとりか………」

翔真は手の平に滲んだ汗をTシャツの裾で拭いた。

――おとりってことは、グハンたちの前に姿を見せないとダメってことだ。女子の理緒と運動が苦手っぽい悠人なら、全速力で逃げればなんとかなるかもしれないけど、グハンはヤバイ。あいつは海峰と同じレベルの超人だからな。しかも、こっちは人を殺すことが禁止されている。

グハンの厚い胸板を思い出し、翔真の喉が隆起する。

――とにかく、グハンには近づかないようにしないと。

突然、目の前の茂みがガサガサと音を立て、2人の少女が姿を現した。

月明かりに照らされた2人の顔を見て、翔真の緊張が緩む。

「海音と萌華か………」

「翔真君ね？」

海音が周囲を警戒しながら、翔真に近づいた。

「どうして、独りなの？　邦友君たちは？」

「制限のせいで、別行動しているんだよ。俺は1時間ごとに1キロメートル以上移動しないといけないからな」

「殺されたわけじゃなかったのね」

「ああ。そっちも無事だったみたいだな？」

「ええ。今度の命令が来る前に、私と萌華は紅島館から逃げ出していたから」

「その行動は正解だったぞ。残っていた志玲は理緒に殺されたらしいからな」

「志玲が殺された？」

「…………ああ。永明が教えてくれたんだ」

眉間にしわを寄せて、翔真はこぶしを病院の壁につける。

「あいつらは人を殺すことに躊躇がない。このままじゃ、どんどん殺されていくぞ」

「そのための人選かもね。グハン君と悠人君と理緒なら、必ず王様の命令に従うだろうから」

「たしかにあいつらの気持ちもわかるよ。命令に従わないと自分が死ぬんだからな」

「そうね。だから、こっちも覚悟を決めるしかない」

「覚悟？」

「ええ。この命令は必ず人が死ぬ命令だから。自分たちが生き残れば、グハン君たちが死ぬ。ある意味、私たちがグハン君たちを殺そうとしているのかもしれない」

美形の少年のような海音の顔が僅かに歪んだ。

「私たちは生き残るための行動を起こさないといけないの。みんなで協力してね」

「そうだ！　お前、雪菜と一緒に行動しているんじゃないのか？」

「雪菜とジンシルはばらばらに逃げていると思うよ。どっちにも振られちゃったしね」

「振られたって…………お前…………」

「こんな状況だからこそ、自分の欲望には正直になりたいのよ。私は同時に何人もの女を愛することができるから」

海音の言葉に、翔真の顔が真っ赤になった。

「わ、わかった。お前の恋愛観なんて、どうだっていい。雪菜とは、俺が連絡を取ってみるよ」

ポケットからスマートフォンを取り出そうとした翔真の動きを、海音が止めた。

「ちょっと待って。その前に翔真君にお願いがあるの」

「お願い？」

「うん。私と萌華が生き残るために翔真君が必要なの」

突然、脇腹にちくりとした痛みを感じて、翔真は振り向いた。そこには、小さなナイフを両手で持った萌華が立っていた。

「お、お前…………な、何で、俺を？」

萌華に脇腹を刺されたことを理解して、翔真はぱくぱくと口を動かした。

驚いている翔真を見て、萌華の小さな唇がきゅっと吊り上がる。

「翔真君は生け贄だよ」

「い…………生け贄？」

「グハン君たちに殺されてもらうってこと」

萌華の代わりに、海音が翔真の質問に答えた。

「ごめんなさい、翔真君。あなたには死んでもらうから」

「俺がグハンたちに殺されるってことか？」

「そう。この命令って、グハン君たちが５人殺せば終わるんだよね。つまり、自分たち以外の誰かが殺されてくれればいいってこと」

「自分が生き残るために、俺を殺すのかよ？」

「当たり前だよ。男なんて、世界からいなくなったほうが平和になるんだから」

そう言って、海音は微笑する。

「とりあえず、翔真君には殺されてもらって、あとは、邦友君、ジュノ君、永明君を罠にかけていこうかな。志玲が殺されたのなら、あと４人でいいよね？」

「冗談じゃない！」

翔真は苦悶の表情を浮かべて、海音たちから距離を取った。

「生け贄になんかされてたまるかよ！」

「往生際が悪いわね。あなたが死んでくれたら、みんなが助かるのに」

そう言いながら、海音はベルトに挟んでいたアイスピックを手に取る。

「まだ元気みたいだし、もう少し、刺しておいたほうがいいかも」

「海音、刺すなら足首がいいよ」

翔真の逃げ道を塞ぎながら、萌華が言った。

「足首なら、深く刺しても死ぬことはないと思うし」

「そうね。歩けないようにしてから、グハン君たちに連絡しようか」

「舐めんなよっ！」

翔真は海音と萌華を交互に睨みつけた。

「単純な力なら、男のほうが上だからな」

「でも、こっちは2人組で武器を持っている。しかも翔真君は負傷しているからね。これなら、私たちのほうが有利だよ」

「このぐらいの傷、たいしたことないっ！」

そう言って、翔真は右手のこぶしを真横に振った。すっと海音が下がる。その距離を利用して、翔真は彼女の横をすり抜けようとした。

その瞬間、海音の長い足が翔真の足を引っかけた。

翔真はバランスを崩して、地面に横倒しになる。素早く立ち上がろうとしたが、その前に海音の蹴りが、翔真の側頭部を叩いた。

「ぐあっ！」

翔真の体が地面を転がった。

「く…………くそっ！」

「残念だったね、翔真君」

海音はスニーカーのつま先で地面を叩きながら、微笑する。

「女だからって油断したらダメだよ。私、総合格闘技のジムにも通っていたことがあるしね」

「総合格闘技？」

「近所にあったのよ。キックボクシングとかムエタイを教えてくれるジムがね。もともと、私って、格闘技のセンスがあったみたいなの。女子格闘家にならないかって、スカウトもされたわ」

「くっ…………」

翔真は右手を地面につけて上半身を起こした。そのまま立ち上がろうとするが両足が動かない。

「あ、足が…………」

「あらら。脳にダメージを受けたみたいね。その程度なら、1分もしないうちに回復するだろうけど、それだけ時間があれば充分か。萌華っ！」

「わかってる！」

萌華は翔真の体に馬乗りになった。ナイフの刃を翔真の喉に当てて、かわいらしい声で笑う。

「動いたらダメだよ、翔真君。私があなたを殺したら意味がないでしょ」

「ふ…………ふざけんなよ」

「ふざけてなんかいないよ。とにかく、翔真君はじっとしてて。すぐに海音があなたの足を壊してくれる。そうすれば、1時間ぐらいは長く生きられるよ」

「萌華の言う通りね」

萌華の背後にいた海音が翔真の足に触れる。

「安心して。脳がダメージを受けている今なら、痛みも少ないと思うし」

「ばっ、バカっ！　や、やめろ！」

「ここまでやって、やめるわけないでしょ。ほんと、男ってバカよね」

「うっ………」

翔真の額から汗が一気に流れ出した。

――こいつら、本気で俺を生け贄にする気だ。アイスピックで足を刺されたら、グハンたちから逃げることはできない。それ以前に、個別の制限の1キロメートル以上の移動だってできなくなる。

「やめろっ！　やめろおおおっ！」

「ごめんね、翔真君」

馬乗りになっていた萌華が悲しい顔で言った。

「私だって、好きでこんなことをしてるんじゃない。でも、私と海音が生き残るためには、これが最善なんだよ」

「一緒に協力して、グハンたちから逃げ回ればいいじゃないか！」

「それじゃあ、自分たちが死ぬかもしれない。それに、私たちは王様候補をグハン君たちに殺してもらおうと考えているの。そうすれば、王様ゲームは今回の命令で終わるかもしれない」

「俺が王様なわけないだろ！」

「たしかに、翔真君は王様っぽくない。でも、絶対にそうじゃないと断言はできない。海音の言う通り、王様は男子だと思うし」

獲物を追い詰めた肉食獣のように、萌華の瞳が輝いている。薄く小さな唇から覗く白い歯が翔真には牙のように見えた。

「海音っ！　早く翔真君の足を…………」

ひゅんと空気を裂く音がして、萌華の側頭部に矢が突き刺さった。

「あ…………が…………」

萌華の額からだらりと赤黒い血が流れ出し、翔真の顔にぽたぽたと落ちた。

「も…………萌華…………」

「うぐゅ…………」

萌華の体がぐらりと傾き、翔真の横に倒れた。翔真は矢が飛んできた方向に視線を向ける。そこには、クロスボウを構えた悠人が立っていた。

「これで、２人目か」

悠人はクロスボウにセットされた矢の先端を翔真に向ける。

「悠人…………」

「やあ、翔真君。君を助けたお礼はいいよ。今度は僕が君を殺すことになるからね」

「お前、クロスボウなんて、どこで拾ったんだよ？」

「拾ったんじゃないよ。僕が作ったんだ」

「作った？」

「うん。前にもネットで調べて作ったことがあるからね。材料は病院や民家から拾ってきたよ。なかなかいい武器だろ？」

「自慢げに語るようなことじゃねぇよ」

翔真は頭を左右に振りながら、立ち上がった。しかし、その両足は細かく震えている。

「俺も殺すつもりなのか？」

「当たり前だろ。君たちを殺さないと、僕たちが死ぬんだからさ」

悠人は即答した。

「まあ、君がその場から動かないのなら、痛みを感じさせずに殺してあげるよ」

「はぁ？　お前なんかに殺されてたまるかよ。俺は…………」

「どいて、翔真君」

海音が翔真を押しのけて、悠人の前に立った。海音の顔は能面をかぶったかのように表情を消し去っている。月明かりに照らされて青くなった唇が動いた。

「悠人君…………あなたって、バカね」

「バカ？　意味がわからないな」

「萌華を殺さなければ、私たちがあなたたちの命令を手伝ってあげたってこと」

「あーっ、そういう意味か」

悠人は地面に倒れている萌華をちらりと見た。

「それで君たちが争っていたんだね。何事かと思ったよ」

「萌華を殺す前に、気づいて欲しかった………」

「まあ、問題ないじゃん。これからもその作戦を続けてくれよ。そうしてくれるのなら、君は見逃してあげるから」

「………残念だけど、それは無理ね」

暗く低い声が海音の口から漏れる。

「あなたは私の萌華を殺した。その報いは受けてもらわないと」

「報いって、今度の命令の内容は知っているよね？　君は僕を殺すことはできないんだよ？」

「それでも、手足の骨を折ることぐらいはできる。そうすれば、あなたは誰も殺せない」

「そんなに萌華が好きだったんだ？　君は他の女子にも声をかけまくっていたようだけど？」

「私は私を受け入れてくれた子を守る義務があるの。その数は関係ないってこと。それに、萌華とは体の相性もよかったからね」

「そっか。つまり、僕たちの味方になるのはやめるってことか？」

悠人はクロスボウを海音に向けた。

「ま、それでも問題ないか。ここで君と翔真君を殺せば、命令クリアまで残り1人になるし、この時間でそれだけ殺していれば余裕だよ」

「私を殺す？　悠人君にそんなことができるのかな？」

「ん？　このクロスボウが見えないのかな？」

「たしかに、そのクロスボウは危険ね。でも、短時間に何本も矢を打つことはできない」

海音はクロスボウにセットされた矢の先端を見つめながら、アイスピックを構える。

「その矢を避けたら、次の矢をセットする前にクロスボウを壊すから。そして、その後は、あなたの体を死なない程度に刺してあげる。このアイスピックで」

「怖いこと言うねぇ。じゃあ、外さないようにしないと」

悠人と海音の視線が重なった。

夜のひんやりとした風が、周囲の木々をざわざわと揺らす。

海音が唇を強く結んだまま、数センチ右に動く。その動きに合わせて、クロスボウの矢の先端が僅かに左に移動する。

数十秒の時間が過ぎ、閉じていた海音の唇が開いた。

「ねぇ、悠人君」

「なんだよ？　やっぱり、僕たちの味方になってくれるのかな」

「違うよ。私だけマークしてていいの？　翔真君がナイフを投げようとしているけど」

その言葉に、悠人の視線が翔真に動いた。同時に海音の右足が地面を蹴った。前傾姿勢のまま、一気に悠人に駆け寄る。

悠人は短く舌打ちをして、クロスボウの矢を放つ。矢の先端が海音の左胸に刺さる寸前、彼女は上半身を素早く捻った。矢が黒色のTシャツを引き裂く。それでも、海音の動きは止まらなかった。スピードを落とさずに悠人に近づき、アイスピックを振り上げる。

悠人はクロスボウを放り投げ、海音の手を掴もうとした。しかし、その前に海音の膝が悠人の腹部に深くめり込む。

「ぐうっ…………」

体をくの字に曲げた悠人の頭部を、海音が蹴った。

バンと大きな音がして、悠人が地面に倒れる。

溜まっていた息を吐き出して、海音が笑った。

「飛び道具を持っていても負けるなんて、ほんと、男ってたいしたことないよね」

「な…………なんだよ。こんなに海音が強いなんて…………知らなかったぞ」

悠人が砂のついた唇を動かした。

「本当に…………君は女なのか？」

「もちろんよ。失礼な人ね」

「し、信じられないなぁ」

「あっと、立ち上がらないで」

動こうとした悠人の左手を海音は足で踏んだ。

「悪いけど、あなたの手足を折らせてもらうから。そして、この命令が終わった後、殺してあげる。天国で萌華に謝ってもらうわ」

「そんなもの、あるとは思えないけどね」

悠人は笑いながら、海音を見上げた。

「天国があるかどうかは、君がたしかめてきてくれよ」

「私が死ぬわけないでしょ。ここから逆転できると思っているの？」

「それが、可能なんだよ」

そう言って、悠人は右手を動かした。ピンと伸ばした人差し指の先には、病院の壁に背を当てているグハンの姿があった。

グハンは右頬の傷を吊り上げるようにして笑いながら、ゆっくりと海音に近づく。

「よぉ、海音。すげぇ膝蹴りだったな。ムエタイでもやってたのか？」

「あっ！　そんなに前から見ていたのなら、サポートしてくれよ」

悠人が唇を尖らせて、グハンに文句を言った。

「そうすれば、僕がこんな目に遭うこともなかったのに」

「そのぐらい、たいしたことねぇだろ。どうせ、俺たちは殺されないんだからな」

グハンは海音から視線を外さずに、口を動かした。

「じゃあ、海音。今度は俺と戦ってもらおうか。もちろん、そのアイスピックを使ってもいいし、蹴りでもパンチでも好きにしてくれ」

「…………ここで、ラスボスの登場か」

海音はアイスピックを構えたまま、じりじりと下がった。月明かりに照らされた海音の額が、汗でキラキラと輝いている。

「ねぇ、グハン君。武器を使わないの？　たしか、大きなナイフを持っていたよね？」

「持ってるけど、女相手に使うのはちょっとな」

「へーっ、余裕ね。こっちは助かるけど」

「助かるって、お前が死ぬのは確定しているんだぞ」

「それはどうかな？　翔真君も悠人君も私に倒されているんだけど？」

「翔真もか………」

グハンの視線が十数メートル先にいた翔真に向けられる。

その瞬間、海音が動いた。ハイキックでグハンの体をのけぞらせ、くるりと回転しながら、今度は逆の足でグハンの腹を狙う。その攻撃をグハンは右手の甲で払った。

「ちっ！」

海音はグハンから離れて、アイスピックを構える。

「さすがに悠人君たちとはレベルが違うってことね。男なんて、みんなたいしたことないと思っていたけど」

「男嫌いのお前に褒めてもらえるなんてな」

「戦闘能力を認めただけよ。所詮、あなたも男。本質は自分の力を過信して、必要以上に権力を求める。そんな男が主導する世界だから、戦争もなくならない」

「女が主導しても、戦争はなくならないと思うぞ」

「私を世界のリーダーにしてくれれば、平和な世界を創ってあげるのに」

「そんな世界が見られなくて、残念だよ」

そう言って、グハンがすっと前に出た。その動きに合わせて、海音はアイスピックを振り下ろす。アイスピックの先端がグハンの左肩に突き刺さる寸前、グハンの左手が海音の手首を掴んだ。

海音は膝蹴りでグハンの下腹部を狙うが、その攻撃もグハンの右手が塞ぐ。

みしりと手首の骨が軋む音がして、海音の顔が歪んだ。小刻みに震える手からアイスピックが離れた。地面に落ちていくアイスピックをグハンが掴み、そのまま、海音の左胸に突き刺す。

「ぐうっ…………」

海音は口をぱくぱくと動かしながら、その場に両膝をついた。

「ど…………どうして、私が……男なんかに…………」

「安心しろよ。男が女より強いわけじゃない。俺がお前より強かっただけだ」

「…………××××」

意味不明の北京語をつぶやきながら、海音はうつぶせに倒れた。

その姿を見て、翔真が動いた。グハンに背を向けて、茂みに向かって走る。ひゅんと音がして、翔真の頬をクロスボウの矢が掠った。

「あっ、惜しいなあ」

背後から悠人の声が聞こえてくるが、翔真は足を止めなかった。茂みに飛び込み、そのまま、斜面を駆け上がる。

「逃げないでよ、翔真君。正々堂々と戦おうよ」

「戦うわけないだろっ！」

そう叫びながら、翔真は山の中を走り続ける。その足が一瞬止まった。

——山の西側に逃げるわけにはいかない。そっちには美佳と永明が隠れている。他の方向にグハンたちを誘導しないと。

翔真は北に方向を変え、樹木が茂った斜面を進み始めた。

【8月11日（月）午前4時36分】

「じゃあ、グハンと悠人はそっちにいるんだな？」

スマートフォンのスピーカーから、邦友の声が聞こえてきた。

「ああ。だから、今なら紅島館に近づけるはずだ。そっちにいる可能性があるのは、理緒だけだからな」

翔真は周囲を警戒しながら、スマートフォンに向かって喋り続ける。

「お前と若英が一緒に動けば、理緒がいてもなんとかなるだろ」

「わかった。ちゃんと若英を紅島館の壁に触れさせるよ」

「頼む。俺はおとりになって、グハンたちを誘導するから。北東の民家には近づくなよ」

「………そっちに逃げるってことだな？」

「そのつもりだよ。あの辺には、民家が何軒もあるからな」

「よし！　翔真、死ぬなよ」

「そっちこそ。必ず全員で生き残るぞ！」

通話を終えて、翔真は苔の生えた木の幹に背中を押しつけた。

「志玲と海音と萌華が死んだか………」

――グハンたちが命令をクリアするためには、あと2人殺さないといけない。もし、それができなかったら、グハンたちが死ぬ。

「結局、あと2人は最低でも死ぬことが確定しているのか」

翔真の顔が歪んだ。

——全員が助かる方法は、王様ゲームの命令を送ってくるパソコンを見つけて、命令を解除するしかない。でも、グハンたちから逃げ回りながら、パソコンを探すなんて不可能だ。今までだって、見つけられなかったのに。

「助けたい奴を助けるしかないんだ。それしか………」

翔真はスマートフォンを操作して、雪菜に電話をかけた。しかし、雪菜は電話に出ない。

「あいつ………なんで、電話に出ないんだ？」

不吉な予感がして、口の中がからからに渇く。

——まさか、理緒に殺された？　いや、雪菜はしっかりした性格だし、ちゃんと逃げているはずだ。

「今は祈るしかないってことか………」

翔真は落葉の積もった地面を強く踏んだ。その足を上げると、靴の跡がしっかりと残っている。

「よし！　上手く追いかけてきてくれよ」

そう言って、翔真は北東に向かって歩き出した。

【8月11日（月）午前5時51分】

人の背丈ほどある野草をかきわけると、数軒の廃屋が見えた。翔真の姿が見えたのか、色あせた屋根で羽を休めていた数羽の鳥が慌てて飛び去っていく。

翔真は頭を低くして、廃屋の玄関に向かう。木製のドアは外れており、ぼろぼろの廊下が外からでも見える。

中に入ると、大きなゲジが汚れた壁に張り付いていた。ゲジは無数の足を動かして、壁を登っていく。その不気味な姿に翔真の眉間に深いしわが刻まれた。

「ゲジゲジは苦手なんだよな。でも、そんなこと言ってる場合じゃねーし」

翔真は周囲を警戒しながら、廊下を進んだ。

右側の部屋に視線を向けると、カーキ色のリュックが床に置いてあるのが見えた。

「リュックか。新しいな」

翔真は部屋に入り、リュックの中身を確認した。数本のペットボトルと栄養調整食品が入っている。

「誰かいるのか？」

部屋の中に聞こえるぐらいの声を出すが、返事をする者はいない。

翔真は隣接する部屋に移動した。そこには古いクローゼットがあった。そのクローゼットの取っ手にべっとりと赤い血がついているのを見て、翔真の表情が硬くなる。

「おいっ！　中に誰かいるのか？」

クローゼットに向かって叫ぶが反応はない。

翔真はゆっくりとクローゼットに近づき、扉を開いた。翔真の瞳が大きく開き、心臓が一瞬、止まる。クローゼットの中には血だらけのジンシルがいた。ジンシルの体には何百匹ものゲジが張り付いていて、うねうねと蠢いている。

「う、うあああああっ！」

翔真は悲鳴を上げて、後ずさりした。

ジンシルは目と口を開いたまま、首を右に傾けていた。その瞳に輝きはなく、ゲジがその上を這い回っているのに、まばたきもしない。彼女が死んでいるのは明らかだった。

「じ……ジンシル……」

「くっ！」

翔真は唇を噛み締めて、部屋から出た。

――ジンシルを殺したのはグハンたちだ。他の者は人を殺すことを禁止されているから、間違いない。ここにグハンか悠人か理緒の誰かが来て、隠れていたジンシルを殺したんだ。

翔真は家から出て、周囲を見回した。人の気配はなく、鳥の鳴き声だけが聞こえている。

――グハンたちをここにおびき寄せる予定だったけど、先回りされているのなら危険だ。他の場所に移動したほうがいいかもしれない。

「とにかく、邦友たちに情報を送っておくか………」

突然、背後から足音が聞こえてきた。振り返ると同時に、翔真は頭部に衝撃を感じた。ぐらりと風景が回転し、その場に横倒しになる。

「ぐっ………」

痛みに顔を歪めて上半身を起こすと、錆びたトンカチを持った理緒の姿が視界に入った。

理緒はにこにこと笑いながら、翔真を見下ろす。

「こんなところで翔真君に会えるなんて、ラッキーだな」

「ら………らき？」

上手く言葉を喋ることができない。頭を押さえると、手の平が血で濡れているのがわかった。

――そうか。俺はあのトンカチで殴られたのか。

「あらあら。上手く喋ることもできないのか。まあ、思いっきり叩いたからなあ」

理緒は自分の持っているトンカチに視線を向ける。

「これって、意外といい武器なのかもね」

「お………お前が……ジンシル………」

「そうだよ。ジンシルを殺したのは私。このトンカチで殴った後、動けなくなったところで、ナイフで刺したよ。私の持っているナイフは小さいからさ、このほうが確実なんだよね」

「お……俺も……殺すつもり………か？」

「当然でしょ。私たちはあと1人殺さないと、罰を受けちゃうんだから」

理緒はトンカチを放り投げ、ショートパンツのポケットから折りたたみ式の小さなナイフを取り出す。

「そのまま動かないでね。首筋をこれで刺せば、すぐに死ぬと思うし」

「や…………やめ…………」

「それは無理だよ」

理緒の瞳に悲しみの色が浮かんだ。

「正直ね、王様ゲームがなければ、翔真君と恋人になるのも悪くないって思ってたよ。翔真君が、いい人なのはわかっているからね」

「…………り、理緒」

「わかってるって。翔真君が私のことを好きじゃないってことぐらい。でもね、私はあなたの特別な女になるの」

「と…………特別？」

「そう。あなたを殺した女にね」

理緒の唇の端が吊り上がる。

「翔真君、あなたのこと、一生忘れないよ。さよなら」

振り上げられたナイフの刃を見て、翔真は自分の死を覚悟した。

まるでスローモーションのように、ナイフが首筋に迫ってくる。

その時、誰かが理緒の体に体当たりをした。翔真の視線が動く。

「…………ゆ、雪菜」

翔真は理緒に体当たりした者の名を口にした。

雪菜は青白い顔で、理緒の脇腹を見つめている。その脇腹にはナイフが突き刺さっていた。

「あ、あんた、何、考えて…………いるの？」

理緒が小刻みに震える手で、自分の体に突き刺さったナイフを指差した。

「私を殺したら、あなたが死ぬのよ？　命令の内容を…………か、確認してないの？」

「…………ちゃんとわかっているよ」

冷静な声で雪菜は言った。

「でも、ここであなたを殺しておかないと、翔真君が殺されちゃうから」

「は、はぁ？　それなら、こんなことする必要な…………」

ぐらりと理緒の体が傾いて、理緒は片膝をついた。理緒のＴシャツが赤く染まり、ぽたぽたと地面に血が垂れる。

「ほんとに…………バカ。私を刺すなんて…………。こ、これで、あなたは終わりよ」

「あなたを刺したことは関係ないよ。だって…………私はあなたが死ぬ前に、罰を受けるから」

そう言うと同時に、雪菜の体がくずおれる。

「ゆ…………雪菜…………」

翔真は動かない手足を必死に動かして、雪菜に近づいた。雪菜はまぶたを閉じており、唇から血が流れ出している。

「な、なんで、雪菜がケガ………してるんだよ？」

翔真の声が聞こえたのか、雪菜のまぶたが薄く開いた。

「し、翔真君。よかった、無事なんだ………ね」

「雪菜っ！　どうして………お前が？」

「個別の制限………だよ」

雪菜は血で濡れた唇を動かす。

「私の制限は………この命令が終わるまで………独りで行動して誰とも協力してはいけないって、内容だったの」

「協力しては………いけない？」

「う、うん………だから、翔真君を助けた時点で、私の死は確定していたの」

「そ、そんな………」

翔真の心臓が跳ねるように動く。

「俺を助けるために………」

「あ、当たり前………でしょ。翔真君は私の好きな人………なんだから」

雪菜は蝋燭のように白くなった顔で微笑む。

「り、理緒には悪いことしちゃった………けど」

「雪菜………お前も死ぬのか？」

翔真の目から、ぽたりと涙が落ちた。

「なんで…………なんで、こんなことに…………」

「あ、あは…………」

「雪菜、お前…………なんで、笑ってるんだよ？」

「…………す、好きな男子が私のために泣いてくれるなんて…………嬉しいじゃん」

「…………バカなこと言ってんじゃ…………ないぞ」

「は…………はは…………」

薄く開いていたまぶたが閉じ、雪菜の呼吸が止まった。

「ゆ…………雪菜？」

「…………」

「雪菜っ、雪菜！」

いつの間にか、周囲の地面が雪菜の血で赤くなっていた。

「雪菜…………」

雪菜の唇が笑みの形になっているのを見て、翔真の両肩がぶるぶると震えた。

「お前…………苦しくなかったのかよ？　全身からこんなに血が出ていたのに…………」

涙で視界がぼやけ、雪菜の顔が見えなくなる。

――雪菜は自分の命を捨てて、俺を助けてくれた。大切な人を誰も救えない俺を…………。

「し…………翔真君」

女の声が聞こえてきて、翔真は視線を動かした。

数メートル先の地面に倒れている理緒が、魚のようにパクパクと口を動かしていた。ナイフの突き刺さった脇腹から、だらだらと赤黒い血が地面に流れている。

「助けて………」

理緒は涙を浮かべて、翔真に手を伸ばした。

「ごめんなさい………翔真君。私、死にたくなかった………だから………」

「理緒………」

翔真は震える足で立ち上がり、ゆっくりと理緒に近づく。ぽたぽたと翔真の頭部から血が地面に落ちた。

「………俺には助けられないよ」

「わ、私が………あなたを殺そうとしたから?」

「違う。お前を助けたら、他の誰かが死ぬだろ?」

「そんなこと………もう、しないから」

白くなった理緒の頬に涙が伝う。

「もちろん………あなたも殺さない。邦友君も………トンハ君も………」

「………そうだとしても、もう、無理だよ。その傷じゃ、助からない。この島には医者なんかいないんだからな」

翔真は周囲の地面に広がっていく理緒の血を見て、首を左右に振った。

「あ………」

理緒の表情が強張った。

「…………どうして？　どうして、私が死ぬの？」

「俺にはわからないよ」

「…………くない。私は…………悪くない」

理緒の声が大きくなった。

「たしかに、私は克也と志玲とジンシルを殺した。でも、しょうがないでしょ？　そうしないと、自分が死ぬんだから」

「り…………理緒？」

「悪くない、私は悪くない…………悪く…………ない。悪く…………な…………」

理緒の唇が半開きのまま、止まった。目は開いたままで、その瞳は青空に浮かんだ雲を映し出している。

理緒の命が失われたことを理解して、翔真は唇をきつく結んだ。

——理緒は俺を何度も殺そうとした。でも、王様ゲームがなければ、理緒だって、人を殺すことなんて、考えもしなかったはずだ。

王様ゲームを始める前の理緒の姿が脳内に浮かんでくる。にこにこと笑いながら、自分に声をかけていた彼女の姿が。

「理緒…………お前は悪くないよ」

翔真は理緒の死体に向かって、優しく声をかけた。

【8月11日（月）午後2時32分】

山の南側の中腹で、翔真はがくりと片膝を地面につけた。

「こ………これで、1キロは移動したはずだ」

荒い呼吸を繰り返しながら、背負っていたカーキ色のリュックを下ろし、中からペットボトルに入った水を取り出した。その水を飲みながら、視線を左右に動かす。

――グハンと悠人は、もう1人殺そうと島の中を動き回っているはずだ。なんとしても、逃げ切らないと。

翔真は、ペットボトルに残った水を頭にかけた。ズキリと頭部の傷が痛む。

――たまに手が痺れるし、頭の傷はヤバイかもしれない。脇腹の傷は血が止まったから、もう大丈夫だと思うけど。

血が染みついたTシャツを見て、翔真は奥歯を強く噛む。

――満身創痍ってやつか。でも、俺は生きている。ミリや雪菜、邦友たちが俺を助けてくれたおかげで。この命、簡単には捨てられない！

周囲の地面を強く踏み、目立つ場所に空になったペットボトルを置いた。

「俺を追って来いよ。こうなったら、絶対に0時まで逃げ切ってやる！」

そう言って、翔真は南に向かって歩き出した。

数十分後、木々の間で何かが動いた気がして、翔真の足が止まった。

頭を低くして、茂みのすき間から、前方を確認した。

そこにいたのは、悠人と海峰だった。悠人はクロスボウにセットされた矢の先端を海峰に向けている。

「いやぁ、まさか、台湾の至宝を殺せる名誉を僕が手に入れるなんてね」

「…………それは、無理だな」

海峰が冷静な声で言った。

「お前に俺は殺せない」

「殺せない？　こんな状況でも、そんなことを言うんだ？」

「事実だからな」

「事実ねぇ…………」

悠人の両目が三日月の形に変化する。

「海峰君、実はね、僕は君の姿を1時間以上前から見つけていたんだよ。そして、最初はこう考えた。海峰君を殺すのは難しいだろうってね。グハン君も海峰君を狙うのは避けたほうがいいって言ってたし」

「それでも、俺を殺そうとするのか？」

「うん。殺せると確信したからね」

そう言って、悠人はぺろりと舌を出す。

「海峰君、君はなんでこんな場所にずっといるのかな？　1時間以上前から、この林の中にずっと立っている。普通なら、ありえないよね？」

「…………お前には関係ないことだな」

「教えてくれない…………か。でも、僕はわかっているけどね」

「わかっている？」

「個別の制限だろ？」

悠人の口角が吊り上がった。

「理緒が殺した志玲のスマホを確認したんだ。そしたら、志玲は『1万歩以上、移動することを禁止する』とメールに書かれてあった。その後、海音と萌華のスマホも確認したよ。そっちは『建物の中に入ることを禁止する』って制限だった。2人ともね。つまり、個別の制限といっても、同じものがあるってこと。そこから、僕は海峰君の個別の制限を推理した」

「どう推理したんだ？」

「海峰君の制限は、その場所から動くことができない制限、または、1万歩以上、移動することができない制限のどっちかじゃないかってね。どう？」

「…………正解だ」

海峰がクロスボウの矢から目を離さずに言った。

「俺の制限は『1万歩以上、移動することを禁止する』だ」

「あれ？　教えてくれるんだ？」

「そこまで推理ができているのならな。俺はあと50歩しか移動することができない。本当は、もっと歩数を残しておきたかったが、隠れようと思った場所で、グハンが待ち伏せをしていたから、計画が狂った」

「なるほどねぇ。グハン君とその制限つきで戦うのは、さすがの海峰君も危険と思ったわけか」

悠人はうんうんと首を縦に動かした。

「まあ、どっちにしても、海峰君は僕たちを殺すことができないからね。だから、僕もこうやって君の前に立っているんだけど」

「反撃はされないから、安心ってことか？」

「うん。それに、僕は飛び道具を持っているから、チャレンジだけしてみるのも悪くないだろ？ここで君を殺せば、僕たちは命令クリアなんだから」

悠人はクロスボウを構えたまま、ゆっくりと右に移動する。その動きに、海峰は数歩下がった。

「おっと、これで、残り47歩か」

「まだ、47歩もある」

「余裕だね。あ……………また歩いた。これで、45…………42…………40歩か」

悠人の唇が裂けるように広がった。

「37………33………あ、それ以上は動かないほうがいいんじゃない？　そろそろ崖だよ」

悠人の言葉に、海峰の足が止まった。海峰の瞳が背後の崖を一瞬見た。

「甘いよ、海峰君！」

悠人はクロスボウの引き金を引いた。ひゅんと空気が裂ける音が聞こえた瞬間、海峰の右手が動いた。海峰の心臓に向かって飛んできた矢を掴み取る。

「え………？」

悠人は口を大きく開いたまま、海峰の持っている矢を凝視する。

「ウソだろ？　飛んでくる矢を掴むなんてありえない」

「そうでもない。本格的なクロスボウなら難しいだろうが、それはお前が作った物だろ？　スピードは落ちるし、お前が俺の心臓を狙っているのも視線でわかっていたからな」

「………やっぱり、君は特別ってことか。でも………」

背中に背負っていた手製の矢筒から矢を取り出し、悠人はクロスボウにセットした。

「矢はあと2本残っているんだよ。あんな芸当、何度もやれるとは思えないし、今度は確実に殺してあげるよ」

悠人はクロスボウを海峰に向けた。同時に海峰は崖沿いに走り出した。高さ1メートル程の茂みを飛び越え、その姿が消える。

「あはははっ！　もう30歩しか移動できないのに、逃げられるわけないだろ」

悠人がボウガンを構えたまま、海峰の後を追う。

「もう、諦めなよ、海峰君。どうせ、君は死ぬしかない………うわっ！」

突然、悠人が悲鳴を上げて、姿を消した。同時にガラガラと岩が崩れる音が聞こえてくる。

――なんだ？　何が起こったんだ？

2人の戦いを見ていた翔真は茂みから飛び出して、崖のある方向に向かった。

茂みをかき分けると、数メートル先に海峰が立っている。

「海峰、無事だったのか？」

「………お前か」

海峰は普段どおりの冷静な声を出した。

「この通り、俺は無事だ。悠人は死ぬだろうが」

「悠人が死ぬ？」

「こっちに来ないほうがいい。死にたくなければな」

近づこうとした翔真に向かって、海峰が右手の平を前に突き出す。

「死にたくなければって、どういう意味だよ」

「地面を見ろ」

「地面？」

翔真は視線を下方に向ける。その目が大きく開いた。数十センチ先の地面が崩れていて、側面の崖と繋がっていた。その裂け目の底に悠人が仰向けに倒れていた。悠人の腹部には百キロはありそうな岩が乗っており、周囲に内臓が飛び散っている。

「ゆ………悠人………」

「………あ………ぐ」

崖の下から悠人の声が聞こえてきた。

「ど……どうして?」

「お前が踏んだ場所は崩れる寸前の地面だったってことだ」

海峰が悠人を見下ろしながら答えた。

「俺はその場所が崩れやすいことを知っていたから一気に飛び越えたが、お前は体重をかけて踏んでしまった」

「あ……」

「これなら、俺はお前を殺したことにならない。お前が勝手に俺を追って来たんだからな」

「……は……はは っ」

口から血を吐き出して、悠人が笑った。

「さ……さすが海峰君……だ。他を狙えば……よかっ……」

悠人の口が笑みの形をしたまま、動きを止めた。

「悠人?」

翔真の声に悠人は反応しない。

「死んだのか……」

「どうやら、そのようだな」

海峰が地面の裂け目の反対側から言った。

「これで警戒する相手は、グハンと理緒だけになったか」

「理緒も死んだよ。雪菜にナイフで刺されてな」

「見たのか?」

「ああ。そして、雪菜も死んだ」

翔真のこぶしが微かに震える。

「今回の命令で死んだのは、志玲、海音、萌華、ジンシル、雪菜、理緒、そして、悠人だよ。俺が知っているのは」

「ということは、グハンは命令をクリアしたってことだな?」

「いや。雪菜は…………個別の制限に違反したから罰を受けたんだ。だから、グハンたちが殺したのは、まだ4人ってことになる」

「つまり、あと1人殺そうとしている可能性があるか」

「あ…………お前、もう歩けないんじゃないのか?」

「あと、22歩だな」

海峰は視線を自分の足に向ける。

「それだけ歩けるなら、なんとかなるだろう。グハンは俺と戦いたくないらしいからな」

「そりゃあ、お前と戦いたい奴なんていないよ。もし、この命令をグハンが確実にクリアしたいのなら、他の奴を狙うさ。別にスポーツをやってるわけじゃないし」

「その通りだよ」

突然、翔真の背後から声が聞こえてきた。素早く翔真が振り返る。目の前にいたのはグハンだった。グハンがナイフを持っているのを見て、翔真の血の気が一瞬でひいた。

「ぐ………グハン」

「安心しろって。お前を殺す気もねぇから」

グハンはナイフをベルトに挟んで、両手を軽く上げた。

その行動に、翔真の眉が眉間に寄る。

「どういうことだよ？」

「もう、俺は命令をクリアしたってことさ」

「クリアって………誰だっ？　誰を殺したんだよ？」

翔真の口調が激しくなった。

「お前たちが殺したのは、志玲、海音、萌華、ジンシルのはずだ。あと1人は誰だよ？」

「ジュノだよ」

「じゅ………ジュノ？」

「そうだ。殺したのは30分ぐらい前だな」

グハンは視線を山頂に向ける。

「ジュノは山頂の近くの岩場にいた。下からは見えにくい位置だったが、上からは丸見えだった。おかげで楽に殺せたよ」

「………そうか。ジュノを殺したのか」

「そんなに暗い声を出すなよ。お前には感謝してもらいたいぜ」

「感謝？」

「俺がジュノを殺していたから、お前をこの場で殺さなかったんだ。それに、お前が仲良くしている奴ら…………邦友、トンハ、若英、美佳も殺さなかっただろ？」

「偶然そうなっただけだろ？」

翔真は鋭い視線をグハンに向ける。

「お前が海音とジュノを殺したのは理解できる。そうしないと、お前が死ぬんだからな。だけど、感謝なんてできない」

「ふーん、相変わらず正義感が強い奴だな。だが、俺と悠人と理緒のおかげで王様ゲームが終わる可能性が高くなったんだぞ」

「…………王様を殺したって言いたいのか？」

「ああ。王様候補のジュノが死んで、悠人も死んだみたいだからな。この2人が王様だった可能性は高い。ついでに、女子の中で怪しかったジンシルと海音も死んだ。あと、生き残っているのは…………」

「8人だな」と海峰が答えた。

「翔真、グハン、邦友、トンハ、永明、若英、美佳と俺だ」

「なら、問題はないだろ？　断言はできないが、王様候補のほとんどが死んだんだからな」

「そうだといいが…………」

海峰は切れ長の目をさらに細くして、翔真とグハンを見つめた。

【8月11日（月）午後5時21分】

山の西側にある洞穴に向かって、翔真は大きな声を出した。

「永明っ！　いるか？」

十数秒後、洞穴から永明が出て来た。その背後には美佳もいる。永明は血のついた翔真のTシャツを見て、にんまりと笑う。

「おとりの仕事をしっかりやってくれたみたいだね」

「ああ。お前も美佳を守ってくれたようだな」

「約束だからね。ついでに、美佳の心も治療してあげたよ」

「治療？」

「うん。美佳、翔真君にお礼を言いなよ。僕たちのためにおとりになってくれたんだから」

永明がそう言うと、美佳が翔真に駆け寄った。

「翔真君、ありがとう。助かったよ」

「え…………？」

美佳の張りのある声に、翔真の目が丸くなった。

「お、おい、美佳」

「ん？　何？」

美佳は不思議そうな顔で翔真を見つめた。その瞳に正常な意思が感じられる。

「い、いや。大丈夫なのか？」

「もちろんだよ。ケガもしていないしね」

「いや、体のケガじゃなくて…………お前、恋人の秋雄が死んでから、元気がなかったから」

「恋人？　何、言ってるの？　私の恋人は永明君だよ」

「…………は？」

美佳の言葉に、翔真の時間が一瞬停止した。

「永明がお前の彼氏？」

「そうだよ。8月1日の夜に、永明君が告白してくれたんだ」

「8月1日って、秋雄がお前に告白した日だろ？」

「違うよ。秋雄君はただの友達。私の恋人は永明君だから」

「美佳…………」

掠れた声が自分の口から漏れる。

——どうなってるんだ？　美佳の恋人は秋雄なのに。なんで、永明と？

「永明っ！」

翔真は美佳の隣にいた永明のTシャツを掴んだ。

「お前、美佳に何をした？」

「何をって、心の治療だよ」

永明は右頬を吊り上げて、歪んだ唇を動かす。

「美佳の心が壊れたのは、恋人が死んだせいだろ？　なら、恋人が生きていることにすればいい。だから、僕が恋人だと、教えてあげたんだ」

「お前…………美佳の記憶を改竄したのかよ？」

「そのほうが美佳には幸せだろ？　僕の治療のおかげで、美佳は元気になったんだし」

「ふ、ふざけんなよ！　そんなことをしていいと思ってんのかよ！」

「やめて、翔真君！」

美佳が翔真の体を強く押した。

「永明君は私の恋人なんだよ！」

「お前の恋人は秋雄だ！　秋雄はお前を助けるために、崖から飛び降りて死んだんだぞ」

「違う違う違う違うっ！」

美佳は頭を押さえて、首を左右に振り続ける。

「私の恋人は永明君だから、死んでない。ちゃんとここにいる！」

「落ち着きなよ、美佳」

永明はそっと美佳の肩を抱く。

「大丈夫。君の恋人はここにいるよ」

「永明君………」

美佳の瞳が潤み、頬が赤くなる。

「私、永明君と2人だけで過ごしたい」

「わかった。もう、王様は死んだと思うし、研修の最終日まで2人だけで過ごそう」

永明は美佳を抱き締めながら、翔真に視線を向ける。

「というわけで、お邪魔虫は消えてくれないかな？　僕と美佳は2人で紅島館に戻るから」

「くっ…………」

何も言い返すことができずに、翔真は閉じた唇を震わせた。

【8月11日（月）午後8時13分】

「くそっ！　永明の奴、何を考えているんだ？」

翔真は食堂のテーブルをこぶしで強く叩いた。

「美佳の記憶を改竄するなんて、絶対に許せない。秋雄は美佳のために自分の命を捨てたんだぞ」

「わかってるさ」

邦友がペットボトルのキャップを閉めながら、イスに腰をかけた。

「俺だって、永明の行動を認める気はないが、今はこのままでいいと思う」

「で、でもっ！」

「まあ、聞け。王様ゲームが終わっても、俺たちは当分この島から出ることはできないだろう。ケルドウイルスの保菌者だからな。だけど、このまま放置されることはありえない。各国の政府で管理されるはずだ。そして、医者も来てくれる」

「医者…………」

「そうだ。ケガをしている奴もいるし、心のケアも大事だからな」

邦友は額に巻かれた翔真の包帯をちらりと見る。

「とにかく、医者がちゃんと治療すれば、美佳の記憶も元に戻るはずだ。それなら、今は永明の恋人というニセの記憶を信じていたほうがいい」

「たしかにそうかもな」

トンハが大きな手で翔真の肩を叩いた。

「お前が秋雄の恋人の美佳を心配している気持ちはわかるけど、もう少しの我慢だって。15日の朝には迎えの船が来るはずだし、あとはそれを待っているだけでいいんだ。王様ゲームは終わったはずだし」

「それはどうかな」

邦友が低い声で言った。

「今回の命令で王様候補が何人も死んだが、あいつらが王様とは断言できない」

「ってことは、生き残っている永明が王様ってことか？　他にも海峰とグハンがいるけど」

トンハがうなり声を上げる。

「たしかに永明も怪しいし、海峰やグハンが王様かもしれない。でも、俺はジュノか悠人が王様の可能性が高いと思うぞ。特にジュノがな」

「だけど、ジュノが王様だったら、グハンに殺されるか？　王様なら、自分が有利な命令を出せるはずだぞ？」

「それなら、悠人が王様だろ。悠人は俺たちを殺す側だったから、自分が殺されることはないし、仲間にグハンがいるんなら、今回の命令はクリアできると思った。きっと、そうだって！」

「………それならいいけどな」

邦友は視線を翔真に向ける。

「翔真はどう思う？　王様ゲームは終わったと思っているのか？」

「………そう思いたいよ」

深く息を吐き出して、翔真は言った。

「10日間で35人も死んだんだ。これ以上、誰にも死んで欲しくない」

「そう………だな。だけど、警戒はしておくべきだろう」

「わかっている。また、殺し合うような命令だったら、危険だからな」

「そういうことだ。午後11時を過ぎたら、また海岸に移動しよう」

邦友の提案に、翔真は無言でうなずいた。

――たしかに、次の命令を警戒するのは当たり前だけど、もう、王様は死んだはずだ。ジュノか悠人かはわからないけど。理緒、海音、萌華、ジンシルが王様だった可能性もある。きっと、大丈夫だ。きっと………。

命令10

【8月11日（月）午後11時50分】

翔真、邦友、トンハ、若英は紅島館の西にある海岸に集まっていた。

膝をかかえて砂浜の上に座っていた若英が閉じていた唇を開く。

「もうすぐ、0時だね」

「…………ああ」

翔真はスマートフォンの画面で時間を確認する。

「だけど、命令は来ないと思うぞ。警戒はしているけどさ」

「そうだといいけど…………」

「安心しろって、若英」

トンハが白い歯を見せて笑った。

「もう残っている奴で怪しいのは永明ぐらいだよ」

「永明君……………か」

「あいつは人を殺すことに躊躇がないからな。でも、悠人やジュノほどは怪しくないよ」

「そう言えば、永明君は2番目の命令の時に、カプセル剤を飲まなかったんだよね？」

「そうそう。王様なら、そんなことする必要ないからな。毒を入れた色がわかっているのなら、他の色だけ飲んでいればいい」

「でも、演技の可能性もあるよね？」

「演技かぁ………。でも、永明ってそこまで計算できるような奴には思えないんだよな」

「志玲も同じことを言ってたよ」

2人の会話を聞いていた翔真が言った。

「永明は抜けているところがあるから、そんな作戦は考えられないって」

「それなら、やっぱり王様はジュノか悠人だったんだろ」

「海峰かグハンが王様の可能性はどうだ？」

「あの2人も王様っぽくないよ。海峰は金持ちで頭もよくて、スポーツ万能だぞ？　そんな奴が王様ゲームなんかやってどうするんだよ？　グハンだってそうだ。あいつの家は金持ちってわけじゃないけど、グハンならスポーツ関係で必ず成功するだろうしさ。そのチャンスを棒に振るんだぜ」

「動機がないのなら、やっぱり、海峰とグハンも王様じゃないか………」

翔真のつぶやきに、邦友が首を左右に振る。

「ここまで人数が少なくなったら、あいつらも疑ったほうがいい。どうせ、海峰たちも俺たちを疑っているはずだ」

「普通の殺人事件みたいに、アリバイで自分の無実を証明できればいいんだけどな」

「あっ、それなら私はあるかも」

若英は右手を上げた。

「ほら、私、8番目の命令から9番目の命令が届くまで、美佳と一緒に行動していたから。もし、私が王様なら、隠してあるスマホか携帯電話を取りに行く時間もないよ。命令を送る時にも、美佳に見られちゃうだろうし」

「いや、残念だが、その時期の美佳は精神的にダメージを受けていたからな。若英のアリバイを証明することはできない。逆に若英の証言で美佳のアリバイは証明されたが」

「そ、そっか………」

若英はがっくりと肩を落とした。

「これで自分が王様じゃないって、証明できると思ったんだけど」

「若英は王様じゃないさ」

翔真がポンと若英の肩を叩いた。

「そんな証明なんてしなくても、俺は若英を信じているよ」

「翔真君………」

若英の瞳に映っていた月がゆらゆらと揺れる。

「私も翔真君が王様じゃないって、わかっているから」

その時、全員のスマートフォンからメールの着信音が鳴った。

翔真の顔が一瞬で強張る。

「そ………そんな………」

操り人形のような動きで、スマートフォンの画面を確認する。

【8／12火00：00　送信者：王様　件名：王様ゲーム　本文：これは紅島にいる者全員で行ってもらう王様ゲームです。王様の命令は絶対なので、24時間以内に必ず従って下さい。※途中棄権は認められません。＊命令10：天海翔真は王海峰を殺せ。王海峰はキム・グハンを殺せ。キム・グハンは天海翔真を殺せ。ＥＮＤ】

「王海峰を殺せ………」

漏らした声と同時に胃液が逆流してくるような感覚があった。

——海峰を殺せって………俺が人を殺す？　殺さないと罰を受けて死ぬ？

全身の血が冷え、八重歯がカチカチと音を立てる。

「翔真っ！」

邦友が翔真の肩を掴んだ。

「ここから移動するぞ！　もっと、目立たない場所に隠れたほうがいい」

「隠れる？」

「そうだ。グハンがお前を殺しに来るぞ」

「グハン………」

——そうだ。グハンは俺を殺さないと、罰を受けるんだ。あいつがこの命令を見たら、確実に俺を狙ってくる。もしかしたら、この近くにいるのかもしれない。

「翔真、安心しろ。俺とトンハがお前と一緒に行動するからな。そうすれば、あのグハンでもそう簡単に手を出せないはずだ」

「おうっ！　みんなで戦えば、グハンにだって勝てるぞ！」

トンハが太い腕を直角に曲げた。

「タイマンならグハンに勝てるとは思えないけど、3人で戦えばなんとかなる。海峰だって、俺たちが3人でかかれば………」

「ダメだ！」

翔真が後ずさりして、2人から離れた。

「今度の命令は俺だけで行動する。お前たちは若英と一緒にいてくれ」

「はぁ？　お前だけで、グハンから逃げることなんて無理だぞ？　それに海峰をどうやって殺すんだよ？」

「………とにかく、これは俺の戦いだ。海峰とグハンも単独で行動するんだからな」

「正々堂々と戦うようなもんじゃないだろ！」

トンハは太い眉を吊り上げた。

「はっきり言うけど、海峰とグハンは超人だ。お前も運動は得意みたいだけど、一般レベルだよ。そんなお前が、あいつらとまともに戦えるわけないだろ？」

「だから、お前たちを巻き込みたくないんだ！　俺と一緒に行動するってことは、グハンから狙われるってことだぞ？」

「それでも、俺はお前に死んでもらいたくないんだよ！」

トンハの口調が強くなる。

「俺だって、グハンと争いたくはない。そして、海峰を殺したいとも思わない。でも、それ以上に、お前に生きてもらいたいんだよ」

「トンハ…………」

「だから、俺はお前と一緒に戦うぞ！　死ぬ時は一緒だ」

「俺だって、トンハと同じ気持ちだよ」

邦友が重い声で言った。

「海峰やグハンより、お前の命が最優先だ」

「…………ありがとう」

翔真は瞳を潤ませて、邦友とトンハを見つめた。

「その言葉だけで、満足だよ。俺は独りで行動する」

「翔真っ！」

「いいんだ、邦友。これ以上、俺の仲間たちに死んでもらいたくないからな」

「だけど、お前が死んだら意味がないだろ？」

「大丈夫だって。たしかに海峰とグハンは化け物レベルの身体能力を持っているよ。でも、だからといって、俺が負けるとは限らない。なんでもありの殺し合いなんだからな」

「…………お前に海峰が殺せるのか？　いや、人が殺せるのか？」

邦友の質問に、数秒間、翔真は沈黙した。

「殺せるさ。あっちも俺を殺す気だろうしな。そして、お互いに同じ条件なら、遠慮することもない。だから、お前たちにはこの戦いに参加して欲しくないんだ」

「そのほうが、戦いやすいって言うのか？」

「ああ。それなら海峰を殺せる。そして、グハンが俺を殺そうとするのなら、堂々と返り討ちにしてやるよ。野球じゃ、あいつらのチームに負けたけど、今度は俺が勝ってやるさ」

「………わかった。お前を信じるぞ」

「おう！　邦友とトンハは若英を守っていてくれ。何が起こるかわからないしな。あと、美佳のことも頼む」

「まかせろ！　永明の行動をチェックしておく」

「それなら安心して、俺は戦える」

「翔真君………」

若英が震える唇を動かして、翔真の名を呼んだ。

「死なないよね？　絶対に死なないよね？」

「………ああ。俺は死なない。必ず生き残るから」

翔真はそっと若英の肩に触れて、白い八重歯を見せた。

【8月12日（火）午前0時34分】

翔真は邦友たちと別れ、海岸沿いの道を走っていた。その瞳は赤く充血しており、目のふちには涙が溜まっていた。

――邦友、トンハ、若英、ごめんな。本当はグハン相手に生き残れる自信なんかないんだ。それに、海峰を殺す決心もついてない。だけど、お前たちが死ぬところなんて、見たくないんだ。

海岸から吹く風が、翔真の目に沁みる。

――いや、仮に俺が海峰を殺そうと思っても、どうにもならないだろうな。あいつの強さは桁違いだ。そして、グハンも………。

いつの間にか、足が止まっていた。

「結局、俺も死ぬってことか………」

翔真はポケットからスマートフォンを取り出し、昨日、届いていた妹の香澄のメールを読んだ。

『ダメ兄貴へ★　あのさー、研修が楽しいのはわかるけど、かわいい妹のメールに返信ぐらいするべきじゃないの？　父さんと母さんもちょっと心配しているよ。母さんの電話に出なかったんでしょ？　反省しているのなら、海峰君の写真を送ってくること。今、私はイケメン成分が足りないんだから』

「中学生のくせに、色気づきやがって」

翔真は乾いた笑い声をあげた。

「俺だって、母さんの電話に出たかったよ。でも、外部と連絡を取ると、罰を受けて死ぬことになるんだ。無理なんだよ」

――父さん、母さん、香澄と話すことは、もうできないんだな。

「ごめん、父さん。ごめん、母さん。ごめんな、香澄」

二度と会えないであろう家族の顔を思い浮かべて、翔真の視界がぼやけた。

【8月12日（火）午前6時27分】

西の灯台の近くの民家に翔真は足を踏み入れた。リビングに移動すると、壊れた窓から野草が生い茂った庭が見えた。

「ここなら、グハンに見つからないかな」

そうつぶやきながら、扉の半分がなくなったクローゼットの前で腰を下ろす。人の背丈程に成長した野草が風に揺れるのを眺めながら、ふっと息を吐き出す。

——俺がこのまま逃げ続けたら、グハンは命令をクリアすることができずに死ぬことになる。そして、俺も海峰を殺すことができずに死ぬ…………か。3人が誰も殺さない選択をしても、意味はない。3人全員が死ぬだけだ。

「生き残ることができるのは、1人だけか…………」

翔真が海峰を殺さない選択をすれば、翔真の死は確定する。あとは海峰がグハンを殺せば、海峰が生き残り、グハンが隠れている翔真を殺し、海峰から逃げ切ることができれば、グハンが生き残ることになるだろう。

「ごめんな、ミリ、雪菜」

翔真は自分を助けてくれた少女の名をつぶやいた。

「お前たちが命を懸けて俺を助けてくれたのに、結局、死ぬことになりそうだよ」

ざわざわと庭の野草が風に揺れる。

「…………どうして、俺たちが殺し合わなければいけないんだよ？」

翔真の疑問に答える者はいない。

——せめて、邦友とトンハ、若英、美佳が生き残ってくれれば…………。

その時、庭から野草をかき分ける音が聞こえてきた。

——誰かが近づいて来る？

翔真は音を立てずにクローゼットの中に隠れた。

割れた扉のすき間から庭を確認すると、そこには海峰がいた。

「海峰…………」

翔真は自分の口を右手で押さえた。

——どうして海峰がここに？　グハンを捜しているのか？

海峰は民家の中に入ってくると、鋭い視線で周囲を見回した。

翔真の心臓が跳ねた。口元を押さえていた手の平に汗が滲む。

——落ち着け。海峰のターゲットは俺じゃなくて、グハンだ。ここで見つかっても、俺が殺されることはない。

海峰は背負っていたリュックを下ろし、中に入っていたペットボトルの水を飲み始めた。よく見ると、Ｔシャツの肩の部分が破けており、その部分が血に染まっている。

——変だな。あいつ、昨日まで肩にケガなんかしていなかったはずだ。

水を飲み終えた海峰は翔真が隠れているクローゼットに歩み寄る。

――俺が隠れていることに、気づいたのか？

翔真の心臓の鼓動が速くなる。

しかし、海峰は扉の半分がなくなっているクローゼットに人が隠れているとは思わなかったようだ。クローゼットの前で向きを変え、前方の庭に視線を向ける。扉の裂け目から見える海峰の無防備な背中を見て、翔真の喉仏が動いた。

――ここで海峰を殺せば、俺は生き残れるかもしれない。俺がこの家に隠れていたのは偶然だし、そこに海峰が来たのも偶然だ。今なら海峰を殺せる！

翔真は音を立てないようにして、ベルトに挟んでいたナイフを抜いた。それは秋雄から受け取ったナイフだった。

――そうだ。海峰が王様の可能性もある。それなら、俺がここで海峰を殺したほうがいいのかもしれない。王様が死ねば、俺だけでなく、邦友たちも助かるんだから。

ナイフを握った手がびっしょりと汗で濡れる。

――よし！　扉が半分ないからナイフを持った手だけを外に出せる。首筋を刺せば、逆襲されることもない。今が海峰を殺す唯一のチャンスなんだ！

クローゼットに背中を向けている海峰の呼吸が聞こえてくる。

翔真はすっと目を細くして、ナイフの刃に反射した自分の顔を見つめた。

数十秒の時間が過ぎた。

翔真はナイフをベルトに挟み、人差し指をぴんと伸ばした。その指をクローゼットの外に出して、海峰の首筋をついた。

海峰は素早く体を反転させて、クローゼットから離れた。

「誰だっ！」

「俺だよ、海峰」

翔真は笑いながら、クローゼットから顔を出した。

「ははっ、お前の驚いた顔を見るのは楽しいな」

「翔真………」

海峰の表情が険しくなった。

「どういうつもりだ？」

「どういうって？」

「今、お前は俺を殺せたはずだ！」

「そうだな。人差し指じゃなくて、ナイフを使えばお前を殺せたかもしれない。そうすれば、俺は命令クリアだったな」

「何故、そうしなかった？」

「何でかな………」

翔真はさっきまでナイフを持っていた右手の平を見つめる。

「お前を殺せば俺は助かる。それに、お前が王様かもしれない。そう考えれば、殺すのが当たり前なんだろうけど」

「俺が王様かどうかは関係ない。お前は俺を殺さなければ死ぬんだ。それならば、俺が王様でなくても殺すべきだ。その唯一のチャンスをお前は逃したんだぞ」

「それでいいんだよ。俺は覚悟を決めたからな」

「覚悟？」

「自分が死ぬ覚悟さ」

疲れた顔で翔真は笑った。

「俺は自分と仲間が生き残るために必死に行動してきた。そして、その行動が間接的に誰かを殺していたんだ」

「それなら、今度の命令も同じだろう？　直接的に相手を殺さなければいけない命令だが、人を殺すことに変わりはない」

「そうかもな。でも、理屈じゃないんだ」

「理屈じゃ…………ない？」

「ああ。俺はお前を殺したくないと思ったんだよ。台湾の至宝って呼ばれているお前が王様の可能性もほとんどないしな」

「…………それでいいのか？」

「いまさら命令をクリアする気になっても、お前は俺に殺されないだろ？」

「当たり前だ。こんな偶然が何度も起こってたまるか」

少し悔しそうな顔になった海峰を見て、翔真の頬が緩んだ。

「そういや、お前、何で肩をケガしているんだよ？　そんなケガしてなかったよな？」

「………グハンにやられた」

海峰は視線を自分の肩に向ける。

「どうやら、グハンは俺を殺してから、お前を狙う作戦だったようだ。出会った瞬間に向こうから襲ってきた」

「そっか。それで、ここに逃げ込んだってわけか」

「俺の持っていたナイフの刃が折れたんでな。とりあえず、武器探しもかねてな」

「さすがのお前もグハン相手に武器なしじゃ、きついか」

「ああ。戦闘能力だけで比較すれば、グハンは俺よりも強いかもしれない」

「お前より強いなんて、想像もつかないよ」

翔真はため息をついて、海峰を見つめる。

「今日中に、俺だけじゃなく、お前かグハンのどちらかが死ぬってことか」

「両方死ぬ可能性もあるな」

「どっちにしても、死ぬことが確定している俺には関係ないことか………」

「それはどうかな」

海峰の言葉に、翔真の顔色が変わる。

「おいっ、どういう意味だよ？」

「グハンはお前だけじゃなく、お前の友達の邦友も殺すつもりだぞ」

「邦友を殺す？　どうしてだよ？」

「もちろん、王様候補だからだ」

海峰はきっぱりと言った。

「グハンは前の命令で王様ゲームが終わったと思っていた。しかし、新しい命令が来たからな。つまり、王様はまだ生きていることが証明されたってわけだ」

「それで、邦友を………」

「グハン視点で考えれば、俺とお前が王様のはずがない。今回の命令は危険すぎるからな。となると、残っているのは、邦友、トンハ、永明、若英、美佳になる。そして、毒の入ったカプセル剤を飲まなかった永明をグハンは王様じゃないと思っているから、残りは４人。その中で一番怪しいのは邦友だ。グハンはこの命令をクリアした後、邦友を殺して王様ゲームを終わらせると言っていた」

「邦友は絶対に王様じゃない！」

翔真は強い口調で言った。

「なら、誰が王様なんだ？　トンハか？　それとも若英か美佳か？」

「若英と美佳は違う。あの２人はずっと一緒にいたんだ。どこかに隠してあるスマホか携帯電話を取りに行って命令を出すなんて無理だ」

「そうだとしても若英は怪しい。美佳があの様子なら、抜け出して命令を出すチャンスはいくらである」

海峰は淡々と言葉を続ける。

「トンハも性格的に王様とは思えないが、ここまでくると疑うべきだな」

「トンハまで疑うのかよ？」

「当然だ。もう、残り人数は少ない。それでも命令が来るのなら、全員を疑うしかないだろ？」

「全員を…………」

「まあ、俺がグハンを殺すことを祈っているんだな。そうなれば、お前の友達の邦友が殺されることはない。身柄の拘束はさせてもらうが」

そう言って、海峰は翔真に背を向けた。

「この命令を早めに終わらせて、王様が次の命令を出す前に生存者全員を俺が管理する。それで、王様ゲームは終わりだ」

「海峰、待てっ！　海峰っ！」

翔真の言葉を無視して、海峰は民家から出て行った。

【8月12日（火）午前7時11分】

「…………わかった。グハンが俺を狙っているんだな？」

スマートフォンから邦友の声が聞こえてきた。

「それなら、すぐにトンハたちとどこかに隠れるよ」

「隠れる場所が決まったら教えてくれ。こっちからも、何かあったら連絡するから」

翔真は通話を終えて、民家から庭に出た。野草をかき分けて進むと、視界の先に灯台と海が見える。

「グハンはどこにいるんだ？」

周囲を見回しながら、翔真は奥歯を強く噛んだ。

――海峰がグハンを殺すのなら、それでいい。だけど、海峰はケガをしているし、グハンに殺されるかもしれない。

翔真はベルトに挟んだナイフに触れる。

――俺が自殺したら、グハンは俺を殺せないから、命令をクリアできずに死ぬ。だけど、罰を受ける前に邦友たちを殺す可能性がある。

「どうすりゃいいんだよ！　くそっ！」

翔真は頭をかきながら、東に向かって走り出した。

【8月12日（火）午前9時32分】

山の中腹にある小屋の前で、翔真は足を止めた。荒い息を整えながら、半壊した小屋の壁に背中をつける。スマートフォンをポケットから取り出し、画面を確認すると、邦友からメールが届いていた。

『俺たちはグラウンドの近くにある家に隠れる予定だ。トンハと若英も一緒だから、安心してくれ。また、連絡する』

「邦友たちは無事みたいだな」

翔真は汗に濡れた髪の毛をかき上げる。

――とにかく、先にグハンを見つけるんだ。そうすれば、こっちが先手を取れる。上手くやれば、ケガをさせるぐらいは俺にもできる……。

翔真の思考を中断したのは、自分に向かって飛んでくるナイフだった。

「うおっ！」

翔真は首を捻ってそのナイフをかわす。ナイフは小屋の壁に深く突き刺さった。

「あーあ、避けなきゃ楽に死ねたのによぉ」

十数メートル離れた茂みから、声が聞こえてきた。翔真は声のした方向に視線を向ける。

そこには、唇を歪めるようにして笑っているグハンの姿があった。

グハンはガサガサと野草をかき分けて、翔真に近づく。

「やっと、見つけたぞ」

「グハン…………」

翔真の全身から冷たい汗が噴き出した。

――最悪だ。グハンが俺を先に見つけるなんて。普通に戦って、俺がグハンに勝てるわけがない。なんとか逃げないと。

ベルトに挟んでいたナイフを引き抜きながら、翔真は青白くなった唇を動かした。

「お、お前…………邦友を殺すつもりなのか？」

「あー、海峰に聞いたんだな。あいつを殺したのか？　それなら、俺を狙う奴がいなくなって、助かるんだが」

「殺してない。それより、質問に答えろ！」

「殺すしかないだろ」

グハンはきっぱりと答えた。

「正直、俺は悠人かジュノが王様だと思っていた。だから、今回の命令は来ないとな。だけど、命令は来た。しかも、生存者がわかっているような命令だ。控えの命令の可能性は低い。つまり、王様はまだ生きているってことになる」

「だからといって、邦友が王様と断言はできないだろ？」

「そりゃ、断言はできないいさ。だけど、一番怪しいのはあいつだぜ。ケルドウイルス関係の論文を書いていたんだからな。それとも、トンハが王様とでもいいたいのか？」

　グハンは首を右に傾けた。

「まあ、トンハが王様の可能性もある。そして、永明、若英、美佳もな。それなら、今日中に全員を殺したほうがいい…………か」

「おいっ！　何、言ってんだよ？」

「お前が最初に言い出したんじゃないか？　邦友が王様じゃないってな。それなら、他に王様がいるってことになる」

「だからって、全員を殺すのかよ？」

　翔真はナイフを構えたまま、一歩前に出た。

「そんな乱暴なやり方、俺は認めないぞ！」

「今から死ぬお前に認めてもらう必要はねーよ」

　グハンはサバイバルナイフを取り出した。

「俺は間違っていた」

「間違っていた？」

「ああ。王様ゲームなんて、最初からやる必要はなかったんだ。命令に関係なく王様候補をがんがん殺していけば、すぐにこのデスゲームを終了させることができた」

　サバイバルナイフの刃を見つめるグハンの目が細くなった。

「もちろん、そんなことをやったら、王様ゲームが終わった後で問題になるだろう。たとえ、罪にならなくても、非難されることは間違いない。だけど、自分が死ぬよりマシだ」

「本気かよ?」

「…………ああ。今日中に全員を殺してしまえば、明日の命令は来ない。控えの命令が来たとしても、俺だけなら問題ないだろ?」

「それなら、俺がお前を止める!」

翔真はナイフの刃をグハンに向けた。

「お前に邦友たちを殺させるわけにはいかないからな」

「ほーっ、俺に勝てると思っているのか?」

「勝てなくてもいいさ。邦友とトンハがお前に勝てるぐらいにケガをしてくれればな」

「ケガねぇ…………」

グハンの視線が翔真の持っているナイフに移動した。

「お前程度じゃ、俺の血を一滴も流すことはできないだろうな」

「その自信が命取りになるかもしれないぞ」

「そりゃ、楽しみだな」

そう言うと、グハンは一気に前に出た。その動きに反応して、翔真は下がる。

「おいおい、逃げるのか」

「これも作戦だ!」

翔真は後ずさりしながら、ナイフを真横に振る。グハンはその攻撃をのけぞってかわした。

「まだまだっ！」

気合の声を上げて、翔真はナイフを振り上げる。その動きを見て、グハンは後方に飛んだ。

2人の間に2メートルの距離ができる。どんなに手を伸ばしても届かない距離だ。

それでもナイフを振り下ろそうとしている翔真の姿を見て、グハンの唇の端が吊り上がった。

「素人がっ！」

そう叫んで前に出ようとしたグハンの瞳に、翔真の投げたナイフが映った。

「ぐっ！」

自分の目に向かってくるナイフを、グハンのサバイバルナイフが弾いた。キンという甲高い金属音とともに、翔真のナイフが茂みの中に消える。

「ちっ！　まだ、武器を持っていたのか？」

「もう、何も持ってないよ！」

翔真はグハンに背を向けて、走り出した。

「逃がすかよ！」

背後からグハンの足音が聞こえてくる。

翔真は山道を全速力で駆け下りながら、奥歯を噛み締める。

――一か八かでナイフを投げたけど、グハンには通用しなかった。こうなったら、一度逃げて、別の武器を手に入れるしかない。

落葉の積もった斜面を転げるようにして走り続けると、グハンの足音が聞こえなくなった。

翔真は一瞬、足を止めて、振り返った。視界にグハンの姿はない。

「よし！　今がチャンスだ」

下方に見える林の中に入り、木々の間を縫うようにして走る。やがて、翔真の瞳に壊れた病院が映った。

「病院か………」

翔真は病院の裏口から中に入る。薄暗い廊下を通り抜け、正面玄関に向かった。

――俺が病院に入った足跡が残っているはずだ。このまま、正面玄関から外に出れば、時間を稼げる。

廊下の角を曲がった瞬間、翔真の足が止まった。

正面玄関の扉の前にはグハンがいた。グハンはにやにやと笑いながら、サバイバルナイフを左右に振る。

「残念だったな、翔真。お前の考えそうなことはお見通しだよ」

「くっ！」

翔真は素早く反転して、診察室に飛び込んだ。窓から逃げようとしたが、窓枠が歪んでいるのか、ガタガタと音を立てるだけで開かない。

「もう、諦めろよ」

背後からグハンの声が聞こえる。

翔真は窓に背を向けて、ドアの前にいるグハンと対峙した。

グハンはサバイバルナイフの先端を翔真に向けて、ニヤリと笑うと唇を動かす。

「これで、お前が逃げる場所はない。そして、武器もない」

「武器ならあるぞ」

翔真は側に落ちていた窓枠を拾い上げた。

「おーっ！　そりゃ、危険な武器だな。百発ぐらい頭を殴られたら死にそうだ」

「それなら、百発殴ってやる！」

「怖いねぇー。じゃあ、俺も本気出すか」

グハンの顔から笑みが消えた。唇を真一文字に結び、サバイバルナイフを胸元で斜めに構えた。

鋭いグハンの視線に殺意を感じて、翔真の両足が小刻みに震える。

——諦めるな。グハンのナイフを奪えば、まだチャンスはある。俺がここで死んだら、邦友たちも殺されるんだ。

翔真は両足を軽く開き、窓枠の一部を振り上げた。それでも、グハンの表情に変わりはない。

サバイバルナイフを構えたまま、ゆっくりと翔真に近づいてくる。

その時、グハンの背後から小さな音がした。

素早くグハンが振り返る。その視線の先には海峰がいた。

海峰は無言でグハンに駆け寄る。その手にはアイスピックが握られていた。

グハンは舌打ちをして、サバイバルナイフを振り下ろす。その攻撃を海峰は上半身を捻るようにしてかわす。だが、グハンの攻撃はそれで終わらなかった。振り下ろしたサバイバルナイフが、逆再生されたかのように振り上がる。その攻撃を海峰はアイスピックで受けた。

金属音が診察室の中に響く。

その音で翔真は我に返った。

戦っている2人の横をすり抜けようとした時、グハンの蹴りが翔真の腹部にヒットした。翔真の体が飛ばされ、ベッドに背中を強打する。

「翔真っ！　お前はそこでじっとしてろ！」

グハンはそう言いながら、海峰の心臓をサバイバルナイフで狙う。同時に海峰もグハンの心臓をアイスピックで狙った。弾けるように2人の体が離れる。

「ちっ！　これだけ動けるってことは、肩の傷は浅かったんだな」

グハンはじりじりと右に動きながら、荒くなっていた呼吸を整える。

海峰はその動きに合わせて、円を描くように移動する。

「この程度の傷なら問題なく、お前を殺せる」

「ほーっ、さすが台湾の至宝だ。でも、それは無理だな。お前に俺は殺せない。いや、誰も俺を殺せねぇよ」

右頬の傷を吊り上げて、グハンは笑った。

「海峰、たしかにお前は天才だ。勉強でもスポーツでもお前に勝てる奴はいないだろう。でも、殺し合いなら俺のほうが上だ」

「殺し合いでも負けるつもりはないな」

「…………なら、それを証明してもらおうか」

「もちろん、そうする」

そう言うと、海峰は左足でグハンの膝を狙った。その攻撃を受けながらも、グハンはサバイバルナイフを突き出す。

グハンの足が蹴られた音と、サバイバルナイフが海峰のTシャツを破った音が同時に聞こえた。

僅かにグハンの表情が歪む。

「細い足しているくせに、痛ぇな」

今度はグハンが海峰の足を蹴る。がくりと海峰の体がバランスを崩した。

グハンの瞳が夜行性の獣のように輝く。

「ここで終わらせてやるよ！」

気合の声を上げて、グハンはサバイバルナイフを真横に振った。海峰は上半身をそらして、攻撃をかわす。

「甘いぞ、海峰っ！」

グハンはくるりと体を反転させて、裏拳で海峰の手を叩いた。アイスピックが海峰の手から離れる。グハンは海峰の体に密着して、そのまま強い力で壁に押しつけた。

「これで終わりだ」

サバイバルナイフの先端が海峰の胸に突き刺さる。同時に海峰の左手がグハンの右手首を掴む。

みりみりとグハンの手首が音を立てた。

グハンは顔を歪めて、左手で海峰の喉を掴んだ。今度は海峰の顔が歪む。

「くくっ、あと2センチ、ナイフを押し込めば、お前は死ぬ」

「ぐうっ…………」

「お前も痛みは感じるようだな。やっと、お前の人間らしいところを見せてもらったぜ」

サバイバルナイフの先端がさらに数ミリ、海峰の体に入り込む。

「さっさと死ねよ。往生際が悪いぞ」

「…………死ぬのは…………お前だ！」

海峰は右のこぶしでグハンの脇腹を叩いた。

グハンの体がくの字になり、力が弱まる。海峰は頭を低くして、海峰の横をすり抜ける。

「逃がすかよ！」

グハンはサバイバルナイフを海峰の背中に振り下ろした。海峰のTシャツが斜めに避け、線を引いたような傷がつく。それでも海峰の動きは止まらなかった。落ちていたアイスピックを拾い上げ、近づいてきたグハンの脇腹に突き刺した。同時にグハンのサバイバルナイフも海峰の腹部を裂く。

海峰の腹部から大量の血が床に流れ落ちる。

海峰はそのまま無言で床に横倒しになった。

「は…………ははっ。やっと死んだか…………」

足元に倒れている海峰を見て、グハンは笑い声をあげた。

「これで俺が海峰より上の人間だと証明…………つっ！」

自分の脇腹に突き刺さったアイスピックを見て、グハンの顔が歪む。

「出血はあまりないが、動かないほうがいいか。だが…………」

グハンが鋭い視線を翔真に向ける。

「お前だけは、ここで殺しておかねぇとな」

その言葉を聞いて、翔真は我に返った。ベッドに手を乗せ立ち上がろうとするが、手足が痺れて動きが鈍い。

「く、くそっ！　なんで体が動かないんだよ！」

「おいおい、背骨でも痛めたのか？　俺よりふらふらじゃねぇか」

背後からグハンの声が聞こえてくる。

「そのまま動くなよ。そうすれば、痛みを感じさせずに殺してやる」

「殺されて…………たまるかっ！」

――こうなったら、素手でも戦ってやる。

その時、翔真は思い出した。１週間前にも、この診察室に入ったことを。

――そうだ。俺はこのマットレスの下に果物ナイフを隠していたんだ。あれがまだ残っていれば…………。

翔真はマットレスの下に手を入れた。指先に固い物の感触がある。それを引き抜き、上半身を捻るようにして振り向いた。

目の前にグハンがいた。グハンはサバイバルナイフを振り上げている。

翔真は果物ナイフを真っ直ぐに突き出した。その刃がグハンの腹部に突き刺さる。

グハンの動きが止まった。

「お前………武器は持ってないんじゃ………」

がくりと膝が折れ、グハンは両膝を床につける。持っていたサバイバルナイフが手から離れ、床に音を立てて落ちた。

「く………くそっ！」

グハンは翔真を睨みつけた。

「バカな………奴め。お前はどうせ死ぬのに」

「俺が死ぬ？」

「そう………さ。お前のターゲットの海峰は………俺が殺した。だから、お前が生き残ることはできない。それなのに、無駄な………こ、こと………」

グハンはぱくぱくと口を動かしながら、真横に倒れた。

「グハン………」

翔真は倒れているグハンの顔を覗き込んだ。

グハンは両目を大きく開いて死んでいた。その腹部から血が床に流れ出している。

「俺が殺したのか………」

掠れた声が診察室の中に響く。

果物ナイフを持っていた手がぶるぶると震え始めた。その震えが全身に広がっていく。

「くそっ！　どうして、俺が……………」

翔真の目からぽろぽろと涙が零れ落ちる。

――グハンは邦友たちを殺そうとしていた。だけど、殺す必要はなかった。それなのに、俺はグハンを殺してしまった。この手で…………。

「グハンの言う通りだ。俺はどうせ死ぬんだから、グハンを殺すことはなかった…………」

「ごほっ…………」

突然、床に倒れていた海峰が咳き込んだ。

翔真の目が大きく開く。

「海峰っ！　お前、生きてたのか？」

ふらつく足取りで海峰に歩み寄ると、閉じていた海峰のまぶたが薄く開いた。

「…………グハンはどこにいる？」

「グハンは死んだよ。俺が…………殺した」

翔真は声を震わせて、海峰の質問に答えた。

「…………そうか。グハンは死んだか」

「待ってろ！　包帯を探してくる。ここは病院だから残っているかもしれない」

「無駄なことはするな」

「無駄って、お前…………」

「この傷じゃ、助からない。血も…………流れすぎた」

海峰は視線を自分の腹部に向ける。その部分はTシャツが裂けており、ぱっくりと開いた傷から血が流れ続けている。

「あと数分の命ってところか…………」

「海峰…………お前も死ぬのか?」

「当たり前だ。人間…………だからな」

「お前が死ぬ姿なんて、想像もしてなかったよ」

海峰を見下ろしている翔真の瞳が揺らいだ。

——海峰は感情が薄くて、人の死を軽く考えていた。でも、こいつは悪い奴じゃない。海峰は積極的に人を殺そうとはしなかったし。

「な…………何をしている」

海峰が翔真の足首を掴んだ。

「早く…………しろ」

「早くって、何をだよ?」

「お前が俺を殺すんだよ」

「殺すって…………まさか…………」

「そうだ。お前が俺を殺せば、命令をクリアしたことになり、生き残ることが…………できる。ならば、そうするべきだろ?」

「だっ、だけど…………お前が死ぬじゃないか？」

「お前に殺されなくても、俺は数分後に死ぬ。それなら、お前は俺を殺すべきだ。それが正しい選択…………だ」

「正しい選択…………」

翔真は乾いた口の中で舌を動かした。

――たしかに、海峰を殺せば俺は生き残ることができる。だけど…………。

「俺は…………」

「早く…………しろ。無意味に苦しむ時間は…………減らしたい」

その言葉に、翔真の体が動いた。床に落ちていたサバイバルナイフを拾い上げ、海峰の前で両膝をつく。

「海峰…………本当にいいのか？」

「…………ああ。だが、頼みがある」

海峰はぶるぶると震える手でスマートフォンを取り出し、それを翔真に差し出す。

「これを紅島館の目立つ場所に置いてくれ。メモ帳のアプリの中に遺書を書いている」

「遺書…………」

「両親と弟用だ」

「弟がいるのか？」

「小学生のな。研修の間も…………毎日メールを送って来ていた。王様ゲームが始まってからは………返信できなかったが」

「………そうか。弟がいるのか」

「日本のマンガが好きでな。俺が日本人と友達になれるのを………羨ましがっていたよ。残念だが………仲良くなれなかったがな」

「お前、王様ゲームが始まる前から、俺たちと仲良くなりたいようなオーラ、出してなかったぞ？」

「苦手………なのさ」

色を失った海峰の唇が笑みの形に変化した。

「勉強やスポーツは簡単だったが………友達の作り方は………よくわからない」

「そんなの、考えることじゃないぞ。普通に喋って、遊んでいれば友達になれるって」

「………そ、そうか。そうすれば、よかったのかもな」

「あ、ああ。お前と友達になりたい奴なんて、山のようにいたさ」

「お前は………どうだ？　お前は俺と友達になりたかったのか？」

「当然だろ」

翔真は即答した。

「台湾の至宝って呼ばれている天才と友達になれるんだ。日本に帰ったら自慢できるしな。それに………いや、そんなことはどうでもいいか。どんな奴だって、争うより仲良くしたほうがいい。お前だけじゃなく、俺はみんなと友達になりたかったよ。日本人とか台湾人とか韓国人とか関係なくさ」

「たしかに…………そうだな」

海峰の声が小さくなった。

「最後にお前と話せて…………よかった。さあ、そのナイフで俺の心臓を刺せ」

「海峰…………」

「早く…………しろ。俺は楽になりたい…………んだ」

苦しそうに呼吸を続ける海峰を見て、翔真の目から涙が零れ落ちる。

「海峰…………ごめんな」

「謝る必要は…………ない。俺が望んだこと…………だ」

「…………」

翔真は唇を強く噛み締め、サバイバルナイフを振り上げた。

【8月12日（火）午後1時18分】

紅島館の食堂の中央にあるテーブルに、翔真は海峰のスマートフォンを置いた。そこには、今まで死んだ者たちのスマートフォンや携帯電話、パスポート、財布が綺麗に並べて置かれてある。

「ここなら、目立つし、大丈夫だろう」

そうつぶやいて、近くにあるイスに腰を下ろす。ずきりと頭が痛み、手足に力が入らない。

「死ぬつもりだった俺が生き残る…………か」

――グハンと海峰は死んだけど、あいつらが王様とは思えない。つまり、生き残っている誰かが王様なんだ。それなら…………。

その時、奥の厨房から音が聞こえた。

――誰か厨房にいる？

翔真はイスから立ち上がり、足音を忍ばせて厨房に向かった。

そこには、水の入ったペットボトルをトートバッグに詰めている美佳がいた。

「美佳…………」

翔真の声が聞こえたのか、美佳は驚いた顔で振り向いた。

「翔真…………君」

「美佳、永明はどこにいる？」

「永明君？　永明君は東の海岸の近くに隠れているよ」

　美佳は東の方向を指差す。

「今度の命令って、私と永明君には関係ないけど、グハン君が私たちも殺そうとするかもしれないから、隠れたほうがいいって言ったの」

「その推理は正しいよ。だけど、もう、気にしなくていい」

「気にしなくていい？」

「ああ。俺がグハンと海峰を殺したからな」

　胸に痛みを感じながら、翔真は言った。

「それより、美佳。お前、まだ、永明のことを恋人だと思っているのか？」

「まだって、最初から私の恋人は永明君だよ」

　美佳は不思議そうな顔で翔真を見つめる。

「前にもそんなこと言ってたよね？　変だよ、翔真君」

「………そうか」

　翔真の顔が歪んだ。

　――美佳の記憶は改竄されたままか…………。永明の奴、美佳を利用して、生き残ろうと思っているのかもしれない。

「美佳………永明を妄信しないでくれ」

「妄信しないでって、恋人を信じたらダメなの？」

「…………恋人だって、こんな状況なら、疑ってかかるべきだろ？　残ったのは俺、邦友、トンハ、若英、永明、そしてお前の6人だ。もし、今夜も命令が来るのなら、この中に王様がいるってことになる」

「永明君は、邦友君と若英を疑っていたよ」

美佳はいつもより低い声で言った。

「生き残っている人の中で、王様の可能性が高いのはその2人だって」

「邦友だけじゃなくて、若英も疑っているのか？」

「うん。若英は翔真君たちとずっと一緒にいたからね」

「それのどこが怪しいんだよ？」

「だって、翔真君と邦友君、トンハ君は仲が良いよね？　もし、女子が王様でずっと生き延びることを考えたのなら、翔真君たちと行動するのが理想的だよ。女子だから守ってもらえるしね」

「でっ、でも、お前、8番目の命令から9番目の命令が届くまで、若英と一緒に行動していただろ？　若英が王様なら、お前に見つからずに命令を出す時間はなかったはずだ」

「その時のことは、よく覚えてないの」

美佳は頭を左手で押さえた。

「若英と一緒に部屋にいたことは覚えているけど、ずっと一緒だったかはわからないし」

「それじゃあ、若英がお前と別行動していたかもしれないのか…………」

沈んだ声が自分の口から漏れる。

「ねぇ、翔真君。私は永明君と翔真君は王様じゃないと思っているよ。でも、邦友君やトンハ君、若英はわからない。もし、永明君を信じたらいけないのなら、邦友君たちを信じるのも危険だよね?」

「それは…………」

「翔真君も仲間だからって、妄信するのはやめたほうがいいと思うよ」

そう言うと、美佳はペットボトルが入ったトートバッグを抱えて、厨房から出て行った。

命令11

【8月13日（水）午前0時0分】

日付が変わると同時に、食堂にいた翔真、邦友、トンハ、若英のスマートフォンがメールの着信音を鳴らした。

翔真たちは強張った顔で、液晶画面を確認する。

【8／13水00：00　送信者：王様　件名：王様ゲーム　本文：これは紅島にいる者全員で行ってもらう王様ゲームです。王様の命令は絶対なので、24時間以内に必ず従って下さい。※途中棄権は認められません。＊命令11：王様が書いた生存者の名前入りのカードを探せ。自分の名前が書かれたカードを2枚手に入れれば、その者は命令クリアとする。また、カードを破ることで、名前を書かれている者に罰を与えることもできる。この命令は2人が罰を受けた時点でも終了とする。ＥＮＤ】

「名前入りのカードか………」

翔真はスマートフォンの液晶画面を凝視したまま、乾いた唇を動かした。

――この命令なら、全員が生き残ることができる。とにかく、全部のカードを見つけてしまえばいいんだ。

「よし！　みんなで手分けしてカードを探そう！」

「そうだな」

邦友が翔真の意見に同意した。

「まずは、命令をクリアすることが先決だ。だが、カードが島の中に散らばっているのなら、見つけるのは時間がかかるぞ」

「だけど、みんなで協力すれば、なんとかなるはずだ」

「みんなって、永明と美佳もってことか?」

「ああ。あいつらが俺たちと同じ場所を探しても意味ないからな」

翔真はスマートフォンの通話機能で永明に連絡を取った。

「おい、永明。王様のメールを読んだか?」

「…………ああ」

スピーカーから暗い声が聞こえてくる。

「新しい命令が来たってことは、君たちの誰かが王様ってことだ」

「はぁ?　お前こそ王様じゃないのかよ!」

スマートフォンに向かって、翔真は大声を出した。

「お前が王様でないのなら、協力してもらうぞ」

「協力?」

「そうだ。今度の命令は全員がクリアできる内容だからな。生き残った6人で手分けして王様のカードを探すんだ」

「…………なるほど。同じ場所を探さないようにか」

数十秒間、永明は沈黙した。

「わかった。君たちの中に王様がいるとしても、残り3人は違うはずだ。それに、王様は死んでいて、控えの命令が送られている可能性だってある。協力するよ」

「よし！　とにかく、この命令を全員でクリアするぞ。王様の話はそれからだ！」

翔真の言葉に、周りに集まっていた邦友たちも大きく首を縦に振った。

【8月13日（水）午前7時23分】

「この部屋にもないか………」

南西の民家の一室で翔真は汗を拭った。壊れた窓から射し込む光が、翔真が積み上げた古い本を照らしている。

「カードだから、本の中に入っているかもしれないって思ったけど、無駄だったか」

翔真は積み上げた本の上に腰を下ろして、スマートフォンの画面で時間を確認する。

――まずい。もう7時間以上探しているのに、1枚も見つからない。6人の名前が書かれたカードが2枚ずつ隠されているはずなのに。

「もしかして、この辺には隠していないのか」

翔真の八重歯が音を鳴らす。

――いや、そんなことを考えても無駄だ。俺は自分が担当している場所をしらみつぶしに探しまくるだけだ。

「絶対に全員で命令をクリアするんだ！」

数十分後、翔真は民家を出て、隣の小屋に向かった。小屋の中はかび臭く、古い家具や農作業用の道具が詰め込まれている。

「ここには………なさそうだな」

そうつぶやきながら、近くにあったタンスの引き出しを開ける。引き出しの中には、黒いカードが入っていた。

翔真の目が大きく開く。

「これって………まさか………」

カードを手に取ると、その中央には白いペンでハングル文字が書かれてあった。見覚えのある文字の形に翔真の瞳が輝く。

「これ………トンハの名前のはずだ。やった！ ついに見つけたぞ！」

翔真はカードを顔に近づける。そのカードは手の平と同じぐらいの大きさで、厚みのある紙で作られていた。白いペンで書かれた文字はぐにゃぐにゃで本来の筆跡を隠してある。

「ちっ！ 筆跡で王様を見つけるのは無理か」

その時、スマートフォンから着信音が流れた。液晶画面を確認すると、若英の文字が出ている。

翔真はスマートフォンを耳に当てた。スピーカーから若英の声が聞こえてくる。

「翔真君！ 紅島館の2階でカードを見つけたよ！」

「若英もか！」

「えっ？ もしかして、翔真君も見つけたの？」

「ああ。黒いカードに白いペンで文字が書かれているだろ？」

「うん。日本語で天海翔真って書かれてたよ」

「そうか。俺のカードを見つけてくれたんだな」

翔真の目が熱くなる。

「ありがとう、若英。あと1枚、自分の名前が書かれたカードを見つけたら、俺は命令クリアになる」

「翔真君の名前が書かれたカードを見つけたのは偶然だけどね」

「こっちが見つけたのは、トンハのカードだけど、若英のカードも見つけてやるからな」

「うん。お互い頑張ろうね」

「おう！　また、カードを見つけたら、連絡してくれ」

通話を終えて、翔真は「よし！」と声を出した。

――この調子で、みんなのカードを見つけるぞ。この小屋にあったってことは、俺の受け持った場所にまだあるかもしれない。王様がカードを隠す時に島中を歩き回ったとも思えないからな。

「こうなったら、残りのカードは俺が全部見つけてやる！」

そう言って、翔真は新しいカードを探し始めた。

【8月13日（水）午後1時26分】

南西の海岸をチェックしていると、北側から翔真を呼ぶ声が聞こえてきた。

翔真は声がした方向に視線を動かす。数十メートル先の砂浜に邦友がいた。邦友は黒いカードを手に持って、翔真に駆け寄った。

「翔真、俺もカードを見つけたぞ」

「邦友もか！　で、誰のカードだ？」

「若英のカードだ。道路沿いにある民家の玄関に置いてあった。目立つ場所だったから、簡単に見つかったよ」

邦友は持っていたカードを翔真に見せた。そこには白いペンで『黄若英』と書かれてあった。

「これで見つかったカードは合計3枚か。さっき、トンハに電話をしたら、まだ見つけていないって言ってたから」

「永明と美佳が見つけているかもしれないな」

「そう………だな」

「ん？　どうかしたのか？」

眉間にしわを寄せた邦友を見て、翔真は怪訝な顔をした。

「今回の命令は永明とも協力できるはずだぞ？　こっちだって、永明の名前が書かれたカードを探してやるんだから」

「それが危険かもしれないんだ。今回の命令は、自分のカードを2枚探す以外にもクリアできる方法があるだろ？　自分以外の名前が書かれたカードを破って2人殺せばいい」

「………まさか、永明が俺たちのカードを破くって言いたいのか？」

「可能性はあるさ。あの永明ならな」

邦友は持っている黒いカードに視線を落とす。

「あいつは生き残るためなら、なんでもやる男だと、お前もわかっているだろ？」

「だっ、だけど、この命令は全員が生き残ることができる命令なんだぞ。無理に争う必要はないって！」

「王様ゲームが始まったばかりなら、そうだろう。誰だって、研修仲間を殺したくはない」

「今は違うって言うのか？」

「少なくとも永明はそうだろうな。あいつは人を殺すことに躊躇がない。今は大丈夫かもしれないが、時間が経てばわからないぞ」

「時間が経てば………」

翔真の鼓動が速くなる。

——たしかに、永明の行動には注意しておいたほうがいい。第一、あいつは………。

その時、防波堤の階段を下りてくる美佳の姿が、翔真の視界に入った。

美佳は真っ直ぐに翔真に近づいてくる。

「翔真君、邦友君、こんなところにいたんだね。捜したよ」

「捜したって、スマホで連絡してくればいいじゃないか？」

翔真は美佳が持っているスマートフォン用のポーチを指差す。

「その中にスマホが入っているんだろ？」

「うん。でも、直接会って、渡したい物があったから」

「渡したい物って、カードを見つけたのか？」

「邦友君の名前が書かれたカードをね」

そう言って、美佳は邦友に視線を動かす。

「庭に井戸のある家の台所にあったよ」

「そうか。ありがとう、美佳」

邦友が頭を下げた。

「あと1枚、自分の名前が書かれたカードを見つければ、俺は命令クリアになる。助かったよ」「お礼なんていいよ。お互い様だしね。今のうちに邦友君のカードを渡しておくから」

そう言って、美佳はポーチのファスナーを開けた。

「そうだ。私と永明君のカードは見つかった？」

「…………永明のカードは1枚だけ見つけたよ」

邦友の言葉に、翔真の目が大きく開いた。

――何、言ってるんだ？　永明のカードなんて、見つけてないはずなのに。

邦友は瞳だけを動かして、一瞬、翔真を見る。その動きで翔真は開こうとしていた唇を閉じた。

「…………永明君のカードを見つけてくれたんだ」

美佳はポーチの中に手を入れて、邦友を見つめた。

「じゃあ、そのカードは私が預かっておくよ。永明君は私の恋人だからね」

「いや…………カードを見つけたのはトンハなんだ。だから、ここには永明のカードはないよ」

「…………ふーん」

美佳の唇の端が僅かに吊り上がった。

「邦友君…………永明君のカードを見つけたって、ウソでしょ？」

「いや、本当だよ。トンハから電話で教えてもらったからな」

「残念だけど、それはウソってわかっているんだ。だって、私、さっき、トンハ君と若英に確認したからね」

そう言って、美佳は邦友から離れる。

「やっぱり、邦友君は頭がいいよね。すぐに私の考えに気づくなんて」

「おいっ、美佳」

翔真が美佳に声をかけた。

「お前、何を言ってるんだ？　私の考えって何だよ？」

「あなたたちが、私たちのカードを手に入れていないのなら、使える手があるってこと」

美佳はポーチから邦友の名前が書かれたカードを取り出した。そのカードを一気に破く。

「あ………」

翔真の時間が、一瞬、止まった。極限まで開いた瞳に、真っ二つに破かれたカードが映る。

「お………お前………な、何を？」

「何をって、邦友君の名前が書かれたカードを破いたんだよ」

美佳はくすくすと笑いながら、両手を開いた。2つに分かれたカードがひらひらと舞い落ちる。

「実はさー、永明君のカードがまだ1枚も見つかってないんだよね。このままだと、永明君が罰を受けることになるでしょ。だから、別の方法で命令を終わらせようって決めたの。この命令は誰か2人が死ねば、終わるからね」

「美佳………お前が邦友のカードを破くって考えたのか？」

「そうだよ」

美佳の瞳がきらきらと輝いた。

「あなたたちが私たちのカードを持っていれば、こんなことはできなかった。だって、同じことをやり返される可能性があるからね。でも、持っていないのなら、安心してあなたたちのカードを破くことができる」

「バカっ！　そんなことしなくても、全員が協力すれば………」

突然、隣にいた邦友が左胸を押さえて、砂の上に倒れた。邦友の顔は歪んでおり、大きく開いた口から苦しみの声が聞こえてくる。

「邦友っ！」

翔真は両膝をついて、邦友の肩を揺すった。

「おいっ！　邦友、邦友っ！」

「ぐ…………うっ…………」

「どうして、こんなことに…………。みんなで命令をクリアするはずだったのに」

翔真の視界が涙でぼやけた。目の前で苦しんでいる邦友を救うことができない自分に怒りを感じる。

——俺は何もできない。邦友は大切な友達なのに。俺を何度も助けてくれたのに…………。

「し…………翔真…………」

邦友はぶるぶると震える手を動かして、ポケットからスマートフォンを取り出した。そのスマートフォンを翔真に手渡す。

「翔真…………王様は…………」

「王様？　王様が何だ？」

「王様…………」

邦友の声が小さくなり、動いていた唇が止まった。

「お、おいっ、邦友」

翔真は邦友の肩を揺する。

「邦友っ、邦友！」

「もう、死んでいるよ」

美佳が冷たい声で言った。

「心臓麻痺の罰だったみたいだね。あんまり苦しまない罰でよかったよ」

「よかった？」

翔真は首を動かして、美佳を見た。

「お前…………自分が何をやったのか、わかっているのか？　邦友を殺したんだぞ？」

「わかっているよ。私は当然の行動をしただけだし」

「と…………当然？」

「うん。恋人の命を守ることが最優先だからね。あと1人殺せば、カードが見つからなくても、永明君は生き残ることができる」

「あと1人って…………」

「永明君以外のカードなら、誰だっていいの。私はそのカードを喜んで破るよ。それで、恋人が助かるのなら」

瞳を潤ませて、美佳は邦友の死体を見つめる。その姿に翔真は戦慄を覚えていた。

――こんなバカなことって…………。美佳が邦友を殺す？　ありえない…………ありえないよ。だって、邦友は秋雄の友達だぞ？　それなのに…………。

翔真はその場から動くことができずに、涙を流し続けた。

【8月13日（水）午後3時11分】

「おい………ウソだろ？」

白い砂の上に倒れている邦友を見て、トンハが掠れた声を出した。

「な、なんで、邦友が死ぬんだよ？」

「カードを美佳に破かれたんだ」

翔真が両手のこぶしを震わせながら、トンハの質問に答えた。

「永明のカードが1枚も見つかっていないから、2人殺すことで、今度の命令をクリアしようと考えているみたいだ」

「2人殺すってことは、美佳が俺たちのカードを見つけたら………」

「破くだろうな」

翔真の言葉に、トンハの横にいた若英が両手で口を押さえる。

翔真は深く息を吸い込んで、震えていたこぶしを強引に止めた。

「今は悲しんでいる場合じゃない。美佳があんなことをしたってことは、永明だってそうするだろう」

「それなら、こっちが先にあいつらのカードを見つけて、破いてやる！」

トンハが怒りの声を上げた。

「あいつらは敵ってことだからな」

「それはダメだ！」

「なんでだよ？　邦友が殺されたんだぞ？　お前は悔しくないのかよ？」

「悔しいさ！」

翔真はトンハの両肩を強い力で掴んだ。

「友達の邦友が殺されたんだ。俺だって悔しいよ。でも、殺した相手は秋雄の恋人の美佳なんだ。あいつは永明に洗脳されているんだよ」

「………………くそっ！」

トンハは足元の砂を蹴り上げる。

「それなら、どうするんだよ？　あいつらは俺たちだけじゃなくて、若英のカードも破くかもしれないんだぞ！」

「永明と美佳を捕まえよう」

「捕まえる？」

「ああ。捕まえて、カードはすべて俺たちが探す。そうすれば、俺たちが罰を受けることはない」

「………………わかった。それなら、俺があいつらを捕まえてやるよ。翔真と若英はカードを探してくれ」

「1人で大丈夫なのか？　向こうがお前を殺そうとするかもしれないぞ」

「永明ならな」

トンハは両手を胸の前で合わせて指を鳴らした。

「あいつの体重は俺の半分だし、力で負けることはありえないよ。美佳と2人がかりで狙われても余裕だって」

「永明と美佳は武器を持っているはずだから、気をつけろよ」

「こっちだって、武器はある」

トンハは背中に背負っていたリュックから、木刀を取り出した。

「これなら、手足を狙えば死ぬことはないからな。美佳は秋雄の恋人だけど、抵抗するようなら骨折ぐらいは覚悟してもらうぞ」

「わかっている。とにかく、注意してくれ。お前まで死んだら…………」

「安心しろって。海峰とグハンも死んだし、今の状況なら、体力的に俺より上の奴はいないよ。だから、俺が翔真と若英を守ってやる。それを、邦友も望んでいるだろうしな」

トンハは鼻をすすりながら、邦友の死体を見つめた。

【8月13日（水）午後5時47分】

高台にある民家から出ると、海に沈んでいくオレンジ色の太陽が見えた。海風が汗で濡れた翔真の前髪を揺らす。

翔真は庭に放置されているぼろぼろのベンチに腰を下ろした。

「この家にもなかったか………」

──まずいな。俺たちはカードを1枚ずつしか手に入れていない。トンハからの連絡もないし、永明と美佳をまだ捕まえていないはずだ。今、永明たちが俺たちのカードを手に入れたら、それを喜んで破り捨てるだろう。

左胸に手を当て、八重歯で唇を強く噛む。

──俺は前の命令から、死ぬ覚悟ができている。だけど、トンハと若英だけは殺させないぞ！

翔真はポケットから邦友のスマートフォンを取り出した。待ち受け画面に翔真、邦友、トンハ、秋雄が肩を組んで映っている画像が表示された。

「ははっ…………これは紅島館の部屋で撮った写真か。あいつ、こんな写真を待ち受け画面にしてたんだな」

目頭が熱くなり、スマートフォンを持つ手が震える。

「…………ごめんな。お前を助けられなかった。俺はお前に何度も助けてもらったのに」

——邦友………お前、俺にスマートフォンを渡したよな？　何か俺に伝えたいことがあったのか？

スマートフォンを操作すると、『王様の正体』と書かれたデーターが見つかった。

「これか………」

翔真はそのデーターを表示させた。そこには、日本語、繁体字、ハングルで文字が書かれてある。翔真の目が日本語で書かれた文字を追った。

『俺が死んだ時のことを考えて、この文章を残す。8月13日、まだ、王様が誰かを断定することはできない。命令9、命令10の死亡者の中に王様がいて、控えの命令が自動的に送られている可能性もある。だが、そうでない場合、翔真、トンハ、若英、永明、美佳の中に王様がいる』

文章はさらに続いている。

『翔真が王様の可能性は低い。性格的にもそうだが、王様であれば、命令10でグハンに自分を狙わせるような命令は出せないだろう。結局、翔真は生き残ることができたが、それは運の要素が大きいと言わざるを得ない。トンハも性格的には王様とは思いにくい。だが、彼は状況的には気になる存在だ。なぜなら、トンハは多くの命令で死ににくい位置にいた。王様が王様ゲームを内部からコントロールするのなら、そんな位置に自分を配置することを考えるだろう』

「内部からコントロールか………」

——たしかに、王様が俺たちの中にいるのなら、死ににくい状況を作っておかないとまずいか。

翔真は液晶画面に表示された文章を読み進める。

『美佳が王様の可能性は低いだろう。彼女は精神的にダメージを受けている。さらに、若英が彼女のアリバイを証言している。8番目の命令から9番目の命令が届くまで、若英は美佳と一緒に行動していた。もし、美佳が王様なら、若英に気づかれずに隠してあるスマホか携帯電話を取りに行く時間はないだろう。控えの命令の可能性は考慮すべきだが、命令9の内容を考えると、状況を理解した上で、王様は命令を出したように思える。若英は…………』

そこから空白が続いた。

「ん？　これで終わりか？」

そうつぶやきながら、翔真は液晶画面に触れた指を弾くように動かす。空白の後に、また文章が書かれている。どうやら、この後の文章は邦友がまとめていなかったようだ。

『若英——美佳と一緒にいた証言は、美佳の精神状態から証明できない。性格的には王様の可能性は低いか？　演技？』

『永明——性格的に王様の可能性は高い。人を殺すことに躊躇がなく、王様ゲームを楽しんでいるふしがある。＊命令2でカプセル剤を飲んでいない事実をどう考えるか。王様なら、毒の入ったカプセル剤がわかっていたはず。それを利用して、王様候補から外れる作戦はあるが、永明がそこまで計算できるか？』

『＊王様はシリアルキラーであり、自殺願望がある可能性あり』

『＊命令4確認。永明が罰を与える女子を決めるメモあり。永明に指名される可能性がある女子が王様の可能性は低い』

『＊命令8確認』

【8／10日00：00　送信者：王様　件名：王様ゲーム　本文：これは紅島にいる者全員で行ってもらう王様ゲームです。王様の命令は絶対なので、24時間以内に必ず従って下さい。※途中棄権は認められません。＊命令8：12時間以内に自分以外の者の名前を1名、紙に書け。12時以降、王様は誰か1名に罰を与えることを決めろ。その者に罰を与える。ただし、その者の名前が2枚以上、紙に書かれていた場合、罰は王様に与えられる。END】

　文章はそこで終わっていた。

「命令8？　命令8に変なところがあるのか？」

　翔真は疑問の言葉を口にした。

　──邦友は何で8番目の命令を気にしているんだろう？　何か王様を見つけるヒントでもあったのか？　この命令は王様に罰を与えるチャンスがあったやつだけど………。

「いや………今はそんなことを考えている場合じゃない」

　翔真はベンチから立ち上がった。

　──カードを見つけないと、俺は罰を受けて死ぬことになるんだ。まずはカード探しが先決だ。

「休んでいる時間なんてないぞ。あと6時間で俺とトンハと若英のカードを1枚ずつ見つけるんだ！」

　邦友のスマートフォンをポケットに入れて歩き出そうとした時、頭部に強い痛みを感じた。

　翔真は右手で頭を押さえて、片膝をつく。

「な、何だ？　これ…………」

翔真の体が横倒しになり、口から胃液を吐き出す。

「ぐうっ…………」

痛みに耐えながら、必死に呼吸を整える。

——まさか、王様の罰？　でも、今度の罰は心臓麻痺のはずなのに…………。

「ぐう…………くっ…………」

翔真の額からだらだらと汗が流れ落ちる。

翔真は理緒にトンカチで頭部を殴られたことを思い出した。

——あの時のケガで脳がダメージを受けたのか？

「だ、ダメだ…………こんな死に方…………」

翔真は、若英から受け取った自分の名前が書かれたカードを取り出した。

——どうせ、死ぬのなら、俺が自分のカードを破いて罰を受ける。そうすれば、トンハと若英は助かるんだ。

カードを破こうとした瞬間、すっと頭の痛みが消えた。

「あ…………」

翔真は上半身を起こして、頭を左右に振る。

「だ、大丈夫なのか？」

もう一度、頭を左右に強く振るが痛みはない。

翔真はカードを持った右手を見つめた。指の先に僅かな痺れを感じる。

「…………そうか。俺は…………」

翔真は青白くなった唇を強く結んだ。

【8月13日（水）午後11時17分】

「じゃあ、若英は自分のカードを見つけたんだな？」

「うん。これで、私は2枚揃ったよ」

スマートフォンのスピーカーから若英の声が聞こえてくる。

「翔真君とトンハ君のカードを探しながらそっちに行くよ。島の西側にいるんだよね？」

「ああ。でも、待ち合わせ場所は病院の前にしよう。そこにトンハも向かっているはずだから。そうすれば、誰がカードを見つけても、すぐに渡し合うことができる」

「わかった」

「じゃあ、後でな」

通話を終えると同時に、翔真は東に向かって走り出した。懐中電灯で周囲の林を照らしながら、木々の間を縫うように移動する。

——若英のカードが見つかったのはラッキーだけど、俺とトンハのカードは、まだ1枚ずつだ。永明と美佳が俺たちのカードを見つけていたら、きっと破いているだろうし、どこかに隠されているのは間違いない。せめて、トンハのカードだけでも見つけないと。

「病院に着くまでに、あと1軒は探せる。それでも、見つからなかったら……」

翔真は懐中電灯を強い力で握り締めた。

命令12

【8月13日（水）午後11時52分】

野草をかき分けると、目の前に病院が見えた。病院の裏口の前にはトンハがいる。トンハは翔真の姿を見つけたのか、巨体を揺らしながら、翔真に駆け寄った。

「翔真！　カードは？　俺のカードは見つかったか？」

「………ダメだ。見つからなかった」

苦痛に耐えるような顔をして、翔真は言った。

その言葉に、トンハの顔が歪む。

「………そうか。見つからなかったか」

「まだ5分残っている。この病院の中にあるかもしれない。最後まで探すぞ！」

「この病院の中にはないよ。さっき、俺がチェックしたからな」

「………ない？」

「ああ。もう、無理だってことさ。俺が罰を受けるのは確定だよ。若英も俺のカードは見つけてないって、電話で言ってたからな」

トンハは乾いた笑い声を上げて、翔真の肩をポンと叩いた。

「だけど、安心しろ。お前は助かるから」

「助かる？」

「ああ。翔真のカードはここに来る前に見つけたんだ。林の中の木の幹に画鋲で突き刺さっていたよ」

そう言って、トンハは黒いカードを翔真に差し出した。そのカードには白いペンで『天海翔真』と書かれてある。

「これで、お前はカードが2枚揃ったから、命令クリアだ」

「あ………」

「どうだ？　最後に俺も役に立てただろ？　若英もカードを2枚揃えたみたいだし、悪くない成果だよ」

「悪くない成果って、お前はどうなるんだよ？」

翔真の声が大きくなった。

「このままじゃ、お前が罰を受けることになるじゃないか！」

「それはしょうがないって。もともと、俺とお前と若英の3人全員が助かる可能性は低かったしな。俺も永明と美佳を捕まえられなかったし」

「そんな………」

「おいおい。地獄に落ちたような顔すんなって。お前は助かったんだぞ？　それは俺のおかげなんだから、感謝してもらいたいんだけど」

「………トンハ」

「ん？　何だ？」

「お前…………どうして、俺にカードを渡したんだ？　俺のカードを破けば、お前は死ななくてすんだんだぞ？」

「…………そうだな。そのカードが永明のカードなら、俺は破いていたさ。でも、お前のカードじゃなぁ」

トンハは頭をかきながら、白い歯を見せた。

「さすがに友達のカードは破けないよ」

「…………トンハらしいな」

「お前だって、そうだろ？　お前が俺のカードを見つけていたとして、そのカードを破くか？」

「破かないよ」

翔真は間髪をいれずに答えた。

「俺も友達のカードは破けない。そして、トンハは俺の友達だ」

「そういうことさ。俺は死ぬけど、お前と友達になれてよかったよ」

「…………いや、お前が死ぬことはないよ」

「死ぬことはない？」

「…………ああ。死ぬのは俺だからな」

そう言うと、翔真はトンハから受け取ったカードを両手で掴んだ。その瞬間、トンハのこぶしが翔真の腹部にめり込んだ。

「があっ…………」

翔真は体をくの字にして、その場に両膝をつく。

「甘いぞ、翔真。お前の考えなんて、お見通しなんだよ」

トンハは翔真の背後に回り、ポケットから取り出した紐で翔真の手首を縛った。

「永明たちを捕まえるために準備してた紐が役に立ったな」

「と…………トンハ…………お前…………」

「俺のパンチもなかなかのもんだろ？　グハンや海峰には勝てないと思うけどさ」

「ば…………バカ野郎。お前…………死にたいのか？」

翔真は苦痛に耐えながら、口を動かした。

「俺が自分のカードを…………破れば…………お前は助かるんだぞ？」

「そんなこと、俺が頼んだか？」

トンハは冷たい視線を翔真に向けた。

「このままだと、俺が死ぬので、友達の翔真君、代わりに死んで下さいってお願いしたのか？」

「ち、違うんだ」

「違う？」

「俺はこの命令で生き残っても、死ぬんだよ」

翔真の言葉に、トンハの太い眉が動いた。

「どういう意味だよ？　翔真」

「俺は9番目の命令の時、理緒に頭をトンカチで強く殴られたんだ。多分、脳出血していると思う。時々、すごく頭が痛いし、吐き気もあるんだ」

「お、おいっ！　マジかよ！」

トンハの目が丸くなった。

「大丈夫なのか？」

「大丈夫じゃないから、カードを破こうとしたんだよ。俺はどっちにしても死ぬ。だから、俺のカードを破け！」

「………どっちにしても死ぬ………か」

落ちていた翔真のカードをトンハは拾い上げた。

「そうだ！　それを破けば、お前は助かるんだ。だから、そうしてくれ！」

「………いや、やめておくよ」

トンハはカードを翔真のズボンのポケットに入れた。

「お前はまだ元気みたいだしな。王様ゲームが終わった後に病院に行けば助かるって」

「トンハっ！」

「そんなに怒るなよ。韓国人はプライドが高いんだぞ」

「プライドなんて関係ない！　俺は死んでいいんだよ。10番目の命令の時に覚悟してたからな」

翔真は目を赤くして、トンハを見上げた。

「だから、俺のカードを破くんだ！　お前ができないのなら、俺の手をほどけ！　そうすれば、俺が自分でカードを破くから！」

「そんなセリフを言われたら、逆に破けないって」

穏やかな目をして、トンハは微笑んだ。

「やっぱり、お前はいい奴だな。さっき、お前がカードを破こうとした時、嬉しかったよ。俺を助けるために自分の命を捨ててもいいって思ってくれる友達がいたんだ。だからこそ、俺はお前のカードを破かない」

「トンハ……………」

「それに、俺は誇りを持って死ぬんだ。助かるチャンスがあったとしても、友達を裏切らなかったってな。これって、かっこいいだろ？　きっと、天国でモテモテになるぞ」

「それで、本当にいいのか？」

翔真の質問に、トンハは首を縦に振る。

「俺はこの選択が正しかったと思っている。ただ、日本の美味い寿司とラーメンを食べられなかったことが心残りだけどな」

「う……………ぐっ……………」

翔真の頬を涙が伝った。

「どうして……………お前が死ぬんだよ？　お前……………いい奴じゃないか」

「いい奴も悪い奴も死ぬ時は死ぬさ。東アジアは比較的平和だけど、今も世界のどこかで戦争は起こっている。ほんと、人間ってバカだよな。もっと、仲良くしたら……………がっ……………」

トンハは喋るのをやめて、左胸を押さえた。

「ぐ…………時間…………か」

「とっ、トンハっ！」

「翔真…………お前は死ぬな…………よ」

トンハの巨体が音を立てて横倒しになった。

「トンハっ！　トンハ！」

翔真の呼びかけにトンハは反応しない。

その時、背後から、若英の声が聞こえてきた。

「翔真君、トンハ君、どうしたの？」

「若英っ！　紐を解いてくれ！」

「何で、翔真君が縛られて…………」

「いいから早く！」

「う、うん！」

若英は翔真の手首を縛っていた紐を解いた。

「トンハっ！」

翔真は倒れているトンハの肩を掴んだ。

「大丈夫か？　トン…………」

翔真の声が途切れた。

トンハは死んでいた。まぶたは閉じられ、呼吸をしていない口が開いたままになっている。青白い唇の両端が微かに吊り上がっているのを見て、翔真の瞳が揺らいだ。

「何、笑ってんだよ？　お前、自分が死ぬことを知ってたくせに………」

トンハの肩を掴んでいた手がぶるぶると震え出す。

「怖くなかったのか？　痛くなかったのか？　苦しくなかったのか？」

翔真の問いかけに、トンハは答えない。

「俺はまた仲間を救えなかったのか………」

翔真の背後から若英の嗚咽が聞こえてきた。トンハの死を理解したのだろう。

――俺は役立たずだ。24時間もあったのに、仲間のカードを1枚しか見つけられなかった。そのせいで、トンハは死んだんだ。俺のせいで………。

「ごめん………ごめんな、トンハ」

突然、スマートフォンからメールの着信音が鳴った。

翔真の体がびくりと反応した。小刻みに震える手でスマートフォンを取り出し、液晶画面を確認する。

【8／14木00：00　送信者：王様　件名：王様ゲーム　本文：これは紅島にいる者全員で行ってもらう王様ゲームです。王様の命令は絶対なので、24時間以内に必ず従って下さい。※途中棄権は認められません。＊命令12：天海翔真は1名の名前を自分のパスポートの査証欄に書け。名前を書かれた者が王様の場合、王様に罰を与える。そうでない場合、天海翔真に罰を与える。END】

「この命令は………」

翔真はスマートフォンに顔を近づけて、表示された文章を何度も確認する。

「王様はどういうつもりなんだ？」

——残っているのは、俺と若英と美佳と永明だけだ。それなのに、俺にこんな命令を？

第一、王様の可能性があるのは、永明しか残ってないじゃないか。それとも、若英か美佳が王様？

「いや………そうとは限らないのか。もし、これが控えの命令だとしたら………」

——控えの命令なら、死んだ誰かが王様かもしれない。だけど、それなら、どうやって、俺が生きているとわかったんだ？　ナノクイーンのプログラムを使えば、生存者がわかるのかもしれないけど、死んでいれば確認はできない。

「翔真君………」

若英が翔真の腕に触れた。

「この命令って、簡単にクリアできるよね？　だって、王様は永明君でしょ？」

「………いや」

翔真はじっと若英の顔を見た。若英の瞳に夜空に浮かんだ月が映っている。

「若英………紅島館に戻っていてくれないか」

「紅島館に？」

「ああ。この命令なら、永明たちも何もしてこないだろう」

「翔真君はどうするの？」

「俺も後で行く。トンハの墓も作ってやりたいし、しっかりと考えたいんだ」

「でも…………」

「頼む。今は独りになりたいんだ」

「…………わかった」

若英は翔真からすっと離れた。

「翔真君…………」

「何だ？」

「…………ううん。なんでもない」

若英は翔真に背を向けて、その場から去って行った。


若英の姿が見えなくなると同時に、翔真は片膝をついて頭を押さえた。

「ぐ…………くそっ！　また…………」

頭部への強い痛みに、翔真は奥歯を噛み締めて耐える。いつの間にか、手に持っていたスマートフォンが足元に落ちていた。

「ま…………まだ、俺は…………」

――ダメだ。ここで俺が死んだら、王様が誰かわからなくなる。俺はこの命令を実行しないといけないんだ！

翔真は体を丸めて、脳を突き刺されるような痛みと闘った。

脳内で、研修仲間たちとの会話がバラバラに再生された。整理されていた記憶が勝手に飛び出してくる感覚に、自分の脳が壊れたのではないかと思った。

『えーと……………私は翔真のことが好きで、恋人になりたい…………』

『もしかして、王様は最初から死ぬつもりなんじゃ…………』

『俺の代わりに、美佳を守るって言ってくれ！』

『うん。私の本当の命令は「高橋理緒は12時間以内に男を1人殺せ」だよ』

『ハートのクイーンか……。このカードが最初に出るのはラッキーだな』

『好きな男子が私のために泣いてくれるなんて…………嬉しいじゃん』

『勉強やスポーツは簡単だったが…………友達の作り方は…………よくわからない』

『正直ね、王様ゲームがなければ、翔真君と恋人になるのも悪くないって思ってたよ。翔真君が、いい人なのはわかっているからね』

その時、ある人物の言葉が翔真の脳に突き刺さった。

「あ…………」

翔真は次々と再生される言葉を無視して、その人物の言葉を口にする。

「そっ…………そっか。俺がバカ…………だった。もっと、早く王様ゲームを…………終わらせることができたの…………に」

数分後、頭の痛みが消え、手の痺れもなくなった。

「よ、よし……これなら……」

翔真は荒い息を吐き出しながら、トンハの頬に触れた。

「トンハ……お前が助けてくれた命、無駄にしないからな」

紅島館に戻った翔真は食堂に向かった。食堂は電気が点いておらず、誰もいなかった。翔真はテーブルの間をすり抜けて、奥に向かう。壁とテーブルの間には、割れた窓ガラスの破片や空のペットボトル、ダンボールなどが乱雑に集められていた。

「俺が王様ゲームを終わらせるんだ……」

そうつぶやくと、翔真はゴミの山の前で片膝をついた。

【8月14日（木）午前4時13分】

第1会議室のドアを開くと、中に若英がいた。若英は心配そうな顔をして、翔真に駆け寄る。

「翔真君、どうしたの？」

「ん？　どうしたって？」

「顔色が悪いよ。汗もすごいし」

「あ…………ああ。ずっと寝ていなかったからな」

翔真はそう言って、近くのイスに腰を下ろした。若英はその隣のイスに座った。

「それで、今度の命令はどうするの？　王様の名前をパスポートに書かないといけないんだよね？」

「…………そうなるな。たとえ、王様が死ぬとしても、名前を書くしかない」

「そっか。翔真君が生き残るってことは、王様が死ぬってことなんだ」

若英の表情が曇る。

「まだ、人が死ぬんだね」

「でも、これで終わりだよ」

「終わり？」

「次の命令は来ない。俺が王様を殺すから」

長机の上で、翔真は両手の指を組み合わせた。

――そうだ。王様は殺さないといけない。たとえ、同じ研修仲間だとしても…………。

「若英…………俺は…………」

その時、ドアが開いて、永明と美佳が第1会議室の中に入ってきた。

「永明君、美佳…………どうして、ここに？」

「俺がメールしておいたんだよ。自分のカードを手に入れて、生き残っているのなら、第1会議室に来いってな」

驚く若英の肩をポンと叩いて、翔真は永明と対峙した。

「ちゃんと来てくれたんだな、永明」

「今度の命令に危険はないからね」

永明は肩をすくめて、翔真に近づいた。

「それに、僕は君を救うためにここに来たんだ」

「俺を救う？」

「ああ。僕は王様が誰かわかったからね。それを君に教えれば、君が罰を受けることはない」

「…………お前は誰が王様だと思っているんだ？」

翔真の質問に、永明は若英と美佳を交互に見た。

「僕は王様じゃないし、命令の内容から君も違うだろう。となると、若英が気になるね。美佳が王様の可能性もゼロじゃない」

「永明君っ！　私が王様だと思っているの？」

美佳が驚いた顔で永明のシャツを掴む。

「私は永明君の恋人なんだよ？　それなのに私を疑うの？」

「この状況じゃ仕方ないって。たとえ、君が僕の恋人だったとしてもね」

「永明君…………」

「安心しなって。可能性があるだけで、僕は君が王様とは思っていないよ。そして、若英もね」

そう言って、永明は美佳から翔真に視線を戻す。

「翔真君、王様はこの中にはいない。だって、王様はもう死んでいるんだからね」

「…………つまり、今度の命令は控えの命令ってことか？」

「そうなるね。王様はアリバイを作るために、控えの命令を常に準備していた。そして、状況によって、命令の内容を変えていた。誰が死んで、誰が生き残ったかでさ。その控えの命令が、王様が死んでいても送られて来たんだろう」

「それなら、誰が王様だったんだ？」

「邦友君だろうね」

永明は片方の唇の端だけを吊り上げる。

「9番目の命令の時に死んだジュノ君、悠人君の可能性もあるけど、ずっと控えの命令なのに、辻褄の合わない命令が来ないのも変だからね。となると、王様はぎりぎりまで生きていた可能性がある。つまり、昨日死んだ邦友君が王様ってことさ」

「それは違うな」

翔真が永明の言葉を否定した。

「邦友は王様が誰かを必死に調べていた。それに、邦友が王様なら、自分の名前が書かれたカードは自分で持っているはずだ」

「…………なるほどね。たしかに邦友君のカードを見つけたのは美佳だ。そして、カードを破かれて彼は死んだ。王様なら、そんなことにはならない…………か」

「ああ。だから、カードを見つけられずに死んだトンハも王様じゃない」

「つまり、翔真君はカードを見つけた僕たちの中に王様がいるって、考えているのかい？」

「そうだ！」

翔真の言葉に、第1会議室の中がしんと静まり返った。

翔真は、ポケットからパスポートとボールペンを取り出した。

「王様に言っておく。俺が王様の名前を書く前に自分から名乗り出るつもりはないか？」

永明、美佳、若英は無言で顔を見合わせる。

「今なら、まだ間に合う。自分から告白して、命令を解除して欲しい。そうすれば、これ以上、人が死ぬことはない」

「…………どうやら、王様は名乗り出る気がないみたいだよ」

永明は首をかくりと曲げて笑った。

「やっぱり、王様は死んでいるんじゃないかな？　ジュノ君か悠人君が王様で、運よく、辻褄の合う控えの命令が届いていただけとかさ」

「違う！　王様はこの中にいる！」

「断言するんだ？」

「ああ。王様が誰かわかっているからな」

「…………ふーん。わかっているって、どうやってわかったのかな？　王様はどこかに隠してあるスマホか何かで、ナノクイーンのプログラムが入ったパソコンを操作しているんだろ？　しかも、命令を送る時間を設定して。それなら、アリバイも関係ないはずだよ」

「アリバイなんて関係ない。王様はいろいろミスをしているからな」

「ミス？」

永明の白い頬が痙攣するように動いた。

「王様がミスをしているようには思えないけどなあ。もし、ミスをしていたら、王様はもっと早く見つかっていたんじゃないかな？」

「…………普通の状況ならわかっていたんだ。でも、王様ゲームという異常な状況が俺たちの思考を狂わせていた」

パスポートを持つ翔真の手が小刻みに震えた。

「王様がわかったのは今日だよ。邦友のスマホに書かれた情報と俺の記憶が王様を教えてくれた」

「王様を教えてくれた…………ねぇ。で、王様は誰なのかな？」

「…………」

「何だよ？　王様がわかっているのなら、さっさとパスポートに名前を書けばいいじゃないか」

「王様は…………」

翔真は唇を閉じて、真っ直ぐに永明を見つめた。

「王様は、お前だよ。永明」

その言葉に、若英と美佳が同時に口元を押さえた。２人の視線と翔真の視線が永明に集中する。

永明の顔は能面のように表情がなくなっており、薄い唇がぴったりと閉じられている。その唇の両端が耳元に向かって吊り上がっていった。

「あぁ…………なるほどね」

笑い声を含んだ声が永明の口から漏れる。

「翔真君、なかなか頭がいいね。そうやって、美佳と若英にも同じことを言うつもりなんだろ？　そうすれば、パスポートに名前を書く前に王様が誰かわかるかもしれない」

「いや、そんな作戦を使うつもりはないよ。俺はお前が王様だって、わかっているからな」

「…………は、ははっ！　断言して間違えられると、こんな状況でも笑いが出るよ。まあ、僕はパスポートに名前を書かれても王様じゃないから死ぬことはないけど、君はまずいんじゃないかな？　王様以外の名前を書いたら、死ぬのは君だよ？」

「間違っていないから、問題はないさ」

「…………ふーん。そこまで言うのなら、気になってきたよ。どうして、僕が王様だと思ったんだい？　まさか、勘なのかな？」

「お前はいろいろとミスをしていたってことさ」

翔真は冷静な声で言った。

「翔真君！　何、言ってるの？」

美佳が眉を吊り上げて、翔真を睨みつけた。

「永明君が王様なわけないじゃん！　永明君は私の恋人なんだよ？」

「…………永明はお前の恋人なんかじゃない」

「はぁ？　意味わかんないよ！」

翔真に掴みかかろうとした美佳を、永明が止めた。

「落ち着こうよ、美佳。とにかく、翔真君の話を聞こう。そうすれば、僕が王様じゃないって、わかるしさ」

永明は美佳の頭を撫でながら、翔真に視線を向ける。

「翔真君、僕は王様じゃない。君を助けるためにも、君の間違いを正してあげるよ」

「…………そうなら、いいんだけどな」

翔真の口から低い声が漏れる。

「永明…………お前、最初の命令の時にどこにいた？」

「最初の命令？　ああ…………3人組を作る命令だったかな？　あの時は…………秋雄君と美佳と一緒に行動していたと思うよ。秋雄君がみんなにケルドウイルスのことを説明するって言ってたから」

「つまり、すぐに3人組になれたってことだな？」

「それは偶然だよ。第一、あの時、紅島館には何十人も生存者がいたんだよ？　3人組なら、何組だって作れるさ」

「だけど、状況によっては、何人かが3人組を作れなくて、死ぬ可能性もあったよな？」

翔真の質問に、永明はため息をつく。

「そんなことを言うのなら、2番目の命令はどうなるんだよ？　毒の入ったカプセル剤を飲まないといけなかった命令で、僕はカプセル剤を飲まなかった。王様なら、どの色のカプセル剤に毒が入っているかわかっているから、そんなことをする必要はないよ？」

「あるね。お前がカプセル剤を飲んでないことを、誰かに気づかせて、王様候補から外れるというメリットがある。グハンはそれで、お前を王様候補から外したしな」

「それは君の想像じゃないか？　僕は毒を飲みたくなかったから、カプセル剤を飲むふりをしただけだよ」

「じゃあ、4番目の命令はどうだ？　メモに書かれてある命令を6つ以上クリアしなければならない状況で、お前が関わる命令は簡単だった。『林永明は、女の生存者から1名を選べ。その者に罰を与える』だったよな？」

「あーっ、覚えているよ。クジを作ったからね。でもさ、簡単な命令は他にもあったはずだ。たしか、志玲の命令は、男とキスするだけだったよね？」

「ああ。だけど、志玲は9番目の命令で理緒に殺されたからな。王様が志玲なら、自分たちを殺そうとする理緒、グハン、悠人には近づくはずがない」

翔真は淡々とした口調で言葉を続ける。

「そして、7番目の命令も気になる」

「7番目の命令って、個別の命令をクリアするやつか。僕の命令は『林永明は10人の死体の写真を撮れ』だったよ。これって、簡単ではあるけど、イヤな命令だよ。死体の写真を撮るなんて、気持ちのいいものじゃないって」

「それは、普通の人間の考えだろ？　王様がシリアルキラーなら、死体の写真は喜んで撮るんじゃないか？　つまり、その命令は王様にとっては、イヤな命令じゃなくて、興奮するような命令ってことだ」

「興奮するような命令か…………」

永明はふっと息を吐き出す。

「たしかに、王様はそうかもしれないけど、僕は王様じゃないからねぇ」

「それなら、質問するぞ。昨日の命令は、自分の名前入りのカードを探す命令だった。お前の名前が書かれたカードは誰が見つけたんだ？」

「…………それは、僕だよ。僕が2枚とも見つけた。北側の民家でね。あと、美佳のカードも1枚は僕が見つけたよ」

「なるほど。つまり、生存者の中で、自分のカードを2枚見つけたのは、お前だけってことだな。そのカードが俺たちに見つかれば、破かれた可能性があったのに」

「運がよかっただけさ」

「運か…………」

ゆっくりと首を左右に振って、翔真は青白い唇を動かした。

「たしかに、それだけなら、運がよかっただけかもしれない。でも、お前は運がよすぎるんだよ。最初の命令で、すぐ3人組になれた。4番目のメモに書かれた命令は、罰を受ける女を選ぶ命令で自分自身には何のリスクもなかった。9番目の命令では、逃げる側は個別の制限があったけど、お前の制限は、午前2時までに山の中に入るってやつだったよな？　あまりにも簡単すぎる制限だ。それに…………」

「それに、何だよ？」

「お前はあの時、ミスをしたんだよ。決定的なミスをな」

「決定的なミス？」

「そうだ。俺がお前に美佳を預けた時のことを覚えているか？」

「…………たしか、海岸の近くの家で、君と美佳に会ったはずだけど」

「ああ。あの時、なんで、お前は俺と会ったんだ？」

「はぁ？　君が僕を呼び出したんじゃないか」

永明はこめかみをぴくぴくと動かした。

「美佳が僕と一緒に行動しないと、罰を受けるって言っただろ？」

「たしかに言った。9番目の命令で美佳の個別の制限は、『1時間以内に林永明と合流して、その後、２人だけで行動しろ』だったからな。お前と合流しないと、美佳は死ぬところだった」

「だったら、僕は君のお願いを聞いて、美佳を助けたことになるよ？」

「その行動は問題ない。問題なのは、お前が俺に言った言葉だよ」

「言葉？」

「あの時、お前は俺に、グハンたちから逃げ切るためにおとりになれと言った。美佳を助けるためにそうしろと」

「君はそのことに納得したじゃないか！　僕が美佳を守る。君がおとりになる。ギブアンドテークだろ？」

「…………そう。お前は俺にこう言った。『それぐらいいいだろ？　それにさ、僕が見つかって殺されるってことは、一緒にいる美佳も殺されるってことだよ？　僕と美佳は２人だけで行動しないといけないないんだからさ』ってな」

「だから、それのどこがミスなんだよ？」

「俺は、お前と美佳が合流しないと罰を受けると電話で言ったけど、２人だけで行動しないといけないとは言ってないんだよ」

　翔真は鋭い視線を永明に向けた。

「お前は、どうして、美佳がお前と２人だけで行動しないといけないことを知っていたんだ？」

「…………そ。それは、翔真君が僕に言ったんだよ」

「いや、俺は言ってない。ちゃんと覚えているぞ。お前と電話で話した時は時間がなかったから、正確な個別の制限のことは話さなかった」

「…………」

「美佳の個別の制限を正確に知っていたのは、美佳のスマホをチェックした俺と若英、邦友、トンハ、そして、王様だけだよ」

第1会議室の中が無音になった。

若英と美佳は銅像のように動きを止めたまま、永明を凝視している。

誰も言葉を発しないまま、数分が経過した。

「…………なるほど」

最初に声を出したのは永明だった。永明は揃えた前髪を整えながら、青白くなった唇を動かす。

「たしかに、それはミスだった…………か」

「お前が王様だと認めるんだな？」

「…………ああ。僕が王様だよ」

その言葉に、美佳が短い悲鳴を上げた。

「う、ウソだよね？　永明君が王様なんて。だって、永明君は私の恋人…………」

「違うよ。僕は君の恋人じゃない。君の恋人は秋雄君だよ」

「秋雄…………君？」

「もう、死んでいるけどね。君を救うために崖から飛び降りてさ」

「崖から…………あ…………」

美佳は頭を押さえて、その場にしゃがみ込んだ。近くにいた若英が慌てて美佳に駆け寄る。

「大丈夫？　美佳」

「あ………ああ…………」

美佳は側にいる若英に気づいていないのか、床に額をつけて、全身を震わせている。

「美佳っ！　美佳！」

「2人とも、少し黙っててくれるかな」

そう言って、永明は翔真を見つめる。

「翔真君、見事な推理だよ。まさか、高校生探偵が僕たちの中にいるなんてね」

「見事じゃないよ。もっと、早く気づくべきだった」

翔真の八重歯が軋む。

「どうしてだ？　どうして、王様ゲームなんか始めたんだ？」

「それは、僕が殺人に快楽を感じるシリアルキラーだからだろうね」

「殺人に快楽？」

「そんなに驚くことはないだろ？　グハン君もそう予想していたじゃないか」

永明は右頬だけを動かして不自然な笑みを作る。

「僕が自分の嗜好に気づいたのは、小学生の頃だよ。近所の公園で野良猫が4匹の子猫を産んでさ。その子猫がかわいくて、かわいくて、僕は毎日、餌をあげていたよ。ある日、子猫の1匹が僕の手を強く噛んだんだ。思わずかっとなって、僕は子猫を地面に叩きつけたよ。子猫はぴくぴくと痙攣して動かなくなった。その姿に僕は興奮したんだ」

当時のことを思い出したのか、永明の目が細くなる。

「それから、僕は残った子猫をいろんな方法で殺したよ。ナイフで首を切り裂いたり、毒を飲ませたり、灯油をかけて焼いたりしてね」

「………異常だな」

「異常？　生き物を殺すことがそんなに変かな？　僕たちは毎日のように、牛や豚や鳥を殺して食べている」

「それは、仕方がないことだろ！」

翔真の声が大きくなった。

「食べるために生き物を殺すのと、快楽のために殺すことは違うぞ」

「いーや、同じだよ。人間は肉や魚を食べなくても生きていける。今の時代なら、必要な栄養素を他の物で補うことも可能さ。なのに、なぜ、君は生き物を殺して、その肉を食べているんだ？

食という快楽を得るためだろ？」

「そんなことは………」

「ほら、言い返せない。君たちは食という快楽のために生き物を殺している。それなら、僕だって、殺人という快楽のために生き物を殺してもいいはずだ！」

「百歩譲って、その考えが正しいとしても、人を殺していいはずがない。お前は、人を………先生や研修仲間を殺したんだぞ！」

「しょうがないだろ？　もう、犬や猫では満足できなくなったんだから」

　永明はべろりと長い舌を出した。

「僕はなるべく多くの人間を殺せる方法をずっと考えていた。そこで、王様ゲームに注目したんだ。ケルドウイルスとそれを操作できるナノクイーンがあれば、何十人、何百人、いや、何十万人でも自由に人を殺せる」

「それを佐緒里先生から手に入れたのか？」

「うん。佐緒里先生はケルドウイルスとナノクイーンを宗教団体リボーンの信者から手に入れた。その信者のパソコンを、僕はクラッキングしていたんだよ。２人のメールのやりとりを盗み見て、僕はこの研修に参加することを決めた。佐緒里先生が研修の間にフランスのテロ組織と接触することを知ったからね。そして、僕は彼女を殺した」

　佐緒里先生を殺した時のことを思い出したのか、永明の瞳が輝く。

「ナノクイーンのプログラムが入ったノートパソコンとケルドウイルスを手に入れた時の、僕の気持ちがわかるかい？　やっと始めることができるんだ。僕主催のデスゲームを！」

「自分がケルドウイルスに感染しても構わないのか？」

「もちろんさ。だって、僕はそんなことに関係なく死ぬんだから」

「…………どういう意味だよ？」

「僕は生まれた時から心臓が弱くてね。成人することはできないだろうって医者から言われているんだ」

永明は自分の左胸に右手を置く。

「だから、ケルドウイルスに感染しても、何の問題もないってわけさ。そして、これがどういうことかわかるかな？」

「最初から死ぬ気だったたってことか」

「そうさ。つまり、君の推理は無意味だったたってことだよ。僕は君に名前を書かれても死ぬ。名前を書かれなくても、どうせ、数年後には死ぬ。そういう事情だから、こんな命令にしたんだけどね」

「死ぬのは怖くないんだな？」

「もちろんさ。死は快感だよ。人が死ぬのも、自分が死ぬのもね。そして、どうせ死ぬのなら、王様ゲームの罰で死にたいと思ったんだ」

永明は翔真に顔を近づけて、微笑した。

「正直さ、推理なんか関係なく、君は僕の名前を書くと思っていたよ。だって、僕以外の生き残りは、美佳と若英だからね。君が彼女たちを疑うはずがない」

「………………パスポートに名前を書かれてもいいってことだな？」

暗く低い声で翔真は質問した。

「俺がお前の名前を書いたら、お前は王様ゲームの罰を受けて死ぬことになる」

「それが僕の望みだったからね」

「望み？」

「そうさ。命が惜しいのなら、王様ゲームなんか、やるわけないだろ？　僕が命令を出しているとしても、多少有利になるだけで、途中で死ぬ可能性はあった。大人に殺されたかもしれないし、グハン君に殺されたかもしれない。それでも…………いや、それだからこそ、僕は王様ゲームを始めたんだ。死と隣り合わせの状況を楽しむためにね」

　永明は両手を左右に広げた。

「さあ、翔真君。僕の名前をパスポートに書いてくれ！　それで、僕の王様ゲームは完結する。僕の名前は世界中で永遠に語り継がれることになるだろう。高校生の殺人鬼としてね」

「…………わかった。俺も覚悟を決めたよ。お前を殺す覚悟をな」

　その言葉に、永明はうっとりとした顔になった。自分が殺されることに興奮しているのだろう。

　翔真は一瞬まぶたを閉じた。パスポートとボールペンを持つ左手が微かに震える。

「翔真君、いまさら、怖じ気づいているんじゃないだろうね？」

「…………人を殺すんだから、躊躇するさ」

「いまさら、そんなことを言うんだ？　君が生き残っているってことは、人を殺したってことだよ。間接的にも直接的にもね」

「そうだな。俺は自分が生き残るために研修仲間を犠牲にした。そして、この手で海峰とグハンも殺した。それに…………」

「それに、何だよ？」

「俺はお前を殺さないといけない。王様ゲームに参加させられて死んだ者たちのためにもな」

そう言うと、翔真はベルトに挟んでいたナイフを抜き、そのナイフを永明の胸に突き刺す。

「えっ………？」

永明は呆然とした顔で、自分の胸に刺さったナイフを見つめた。

「翔真君………これ………」

「お前は王様ゲームの罰で死にたがっていたからな。それなら、別の方法で殺すよ。喜んで死なれちゃ、お前に殺された者たちも文句を言うだろうからな」

「………は………ははっ。ささやかな………嫌がらせ………だね」

永明はその場に仰向けに倒れた。

その光景を若英と美佳がまばたきもせずに見つめている。

翔真はぱくぱくと口を動かしている永明に近づいた。

「永明、最後に聞くぞ。王様ゲームに巻き込まれて死んだ者たちに謝る気はないか？」

「………あ………謝るわけない………だろ。だけど、彼らには感謝………しているよ。彼らの死に様は素晴らしかった。本当はもっと殺したかったけど………」

「残念だよ。お前がそんな奴で………」

「僕も………残念さ。せっかく………王様ゲームの罰で………派手に死ぬ予定だったのに。それだけが………心残り………」

永明の声が途切れた。永明のブルーのTシャツが赤く染まっていて、周囲の床が血に濡れている。翔真は奥歯を強く噛み締めて、自分が殺した永明を見下ろした。

「翔真君！」

若英が二つ結びの髪型を揺らして、翔真に駆け寄った。

「大丈夫？　顔が真っ青だよ？」

「あ、ああ。なんとか…………な」

「やっぱり、永明君が王様だったんだね」

「もっと、早く気づくべきだったよ。そのチャンスは何度もあったんだ。そのせいで、何十人も死んだ。永明の狂った嗜好を満足させるためだけに…………」

「やっと、王様ゲームが終わったんだね」

「…………いや。まだ、終わってないよ」

「え…………？」

若英は目を丸くして、翔真を見上げた。

「ど、どういうこと？　王様は永明君で死んだんだよね？」

「ああ。だけど、王様ゲームは終わってないんだ」

「…………」

「若英は8番目の命令を覚えているか？」

「8番目？　たしか…………王様が誰か1名に罰を与える命令だったよね？」

「そうだ。王様が罰を与えると決めた相手の名前が、2枚以上紙に書かれていたら、逆に王様が罰を受けるって内容だった。そして、名前が書かれていなかった龍義が死んだ。問題は、なぜ、そんな命令を王様…………が出したかだよ」

「それは…………私たちへの挑戦とか」

「俺もそう思っていたよ。でも、この命令を出す理由は別にあったんだ」

翔真は死んでいる永明に視線を向けた。

「この命令を永明が出した理由は、王様が1人だと、俺たちに思わせるためだよ」

「え？　どういう意味？」

「王様は複数ってことさ」

視線を若英に戻して、翔真は言った。

「この命令で死んだのは、龍義だけだ。その結果から、王様1人が龍義に罰を与えることを決めたように見える。でも、2人の王様が龍義に罰を与えることも可能なんだ。同じ時間に罰を与えることを、あらかじめ決めていたらな」

「同じ時間…………」

「龍義が死んだのは、午後1時ちょうどだった。多分、その時間に2人の王様は、龍義に罰を与えることを決めていたんだろう。これが、王様があんな命令を出した理由さ。あの命令があったことで、俺たちは王様が複数という可能性を排除してしまったんだ」

「じゃあ、王様は永明君と、今まで死んだ誰かの2人組…………」

「違うよ…………」

翔真はじっと若英を見つめた。

「若英…………お前、何で、自分が生き残れたと思う？」

「え？　そ、それは翔真君たちのおかげだよ。翔真君たちが私を守ってくれたから」

「…………そうだな。それもあるけど、他にも理由があるんだ」

「理由？」

「お前が生き残ることで、王様が助かるってことさ。完璧なアリバイを手に入れられるからな。そうだろ？　美佳っ！」

翔真は無言になっていた美佳に声をかけた。美佳は翔真が何を言っているのか、わからないような顔をした。

「え…………？　何を言ってるの？」

「美佳…………お前が、もう1人の王様って言ってるんだよ」

その言葉に、美佳の顔が強張った。

「私が…………王様？」

「もう、演技はいいよ、美佳」

「演技って、私は…………」

「お前がもう1人の王様だと、俺は確信しているんだ！」

翔真はきっぱりと言った。

「し、翔真君…………」

隣にいた若英が翔真のTシャツを掴んだ。

「ウソだよね？　美佳が王様なんて」

「いや、本当だよ。お前は美佳のアリバイを証言するために残されたんだ」

「アリバイの証言？」

「ああ。お前は美佳と一緒にいる時間が多かったからな。そして、美佳は精神が壊れたふりをしていた。お前が生きていれば、それを警察に証言するだろ？　美佳が王様なんてことはありえないとな。それが王様の…………永明と美佳の作戦だったんだ」

翔真は美佳に視線を戻す。

「お前と永明は、８番目の命令で王様は1人だと思わせた。さらに、若英を生き残らせることで、一緒に行動していた自分のアリバイを証言してもらおうと考えた。多分、ケルドウイルスとナノクイーンを手に入れるための行動は永明が単独でやっていたんだろう。そうすれば、世界中がお前を疑うことはない。永明が独りで王様ゲームを始めたと決めつけるはずだ」

「そんなのムチャクチャだよ！」

美佳は両手をこぶしの形に変える。

「私が王様？　翔真君、おかしいよ。どうしちゃったの？　私が王様ってことは、恋人の秋雄君を殺したのが私ってことになるんだよ？」

「お前の恋人は秋雄でいいのか？　さっきまで、永明が恋人って言ってたよな」

「…………それは、今、思い出したんだよ。永明君が私を恋人じゃないって言ったから」

「今、思い出したか…………」

深く息を吐き出して、翔真は首を左右に振る。

「お前が秋雄の恋人になったのも、自分の命を守る盾に使うつもりだったんだろ？　6番目の命令の時、秋雄が誰かを殺さなければ、お前は罰を受けて死ぬはずだった。だけど、秋雄がお前を殺すような選択をするわけないよな。必ず、誰かを殺すか、自殺するはず。そこまで、お前は計算してたんだ。そして、心が壊れたふりをして、完全に王様候補から外れることに成功した」

「そっ、それなら、翔真君が井戸に落ちた時はどう？　あの時、私が翔真君を見つけなければ、翔真君は死んでいたよ。私が王様なら、翔真君を助ける意味がないじゃん」

「いや、意味はあるだろ？　俺は秋雄の友達だからな。当然、秋雄の恋人のお前を守ろうとする。あの後の5番目の命令は、大人が未成年者を殺す命令だった。お前を大人から守ってくれる男の数は減らしたくないはずだ」

「じゃあ、7番目の個別の命令は？　私の個別の命令は『小松崎美佳は死んだ者の体に触れろ。ただし、本日中に死んだ者の体に限る』だよ？　この命令は他の人よりも、危険な命令だよ。翔真君はキスをするだけの命令だったし、若英はこの島にいっぱいいる蝶を捕まえる命令だったじゃない。王様が複数なら、翔真君や若英のほうが怪しいよ」

「その命令は俺も気になっていた。でも、お前の命令は確実にクリアできるんだよ」

「は？　確実にクリアなんて無理だから」

美佳は細い眉を吊り上げる。

「死体に触れるだけなら簡単だけど、『本日中に死んだ者に限る』だよ。誰も死なない可能性もあるじゃん」

「いや、たしかに美佳の個別の命令だけなら、クリアは難しく思える。でも、他の個別の命令と組み合わせれば、お前の命令は簡単にクリアできるんだよ。理緒の個別の命令は『高橋理緒は12時間以内に男を1人殺せ』だった。つまり、12時間以内に誰かが死ぬのは確実だ。愛理の命令もそうだ。『神内愛理は20時間以内に誰か1人を指定して、その者とゲームをしろ。ゲームの内容はプレイヤー同士で決めていい。そのゲームに負けた者が罰を受ける』って内容だからな。当然、20時間以内に誰かが死ぬ。あとは、俺たちが演技をしていたお前をサポートして、死体に触らせるからな」

「…………そんな命令、私は知らないよ」

「そう言うしかないだろうな。でも、理緒と愛理の命令は不自然なんだよ。このタイプの命令なら、時間制限を無理につける必要はないだろ？　なんで、12時間以内や20時間以内にしたのかを考えると、王様の意図が浮かび上がってくる。その日の早いうちに、誰かが死んでもらわないと困るってな。で、困るのは誰かを考えたら、美佳ってことになる」

　翔真は悲しそうな目で、目の前にいる美佳を見つめた。

「個別の命令をクリアするのが難しいものにして、王様候補から外れる作戦が失敗したな」

「…………それだけで、私を王様だと思っているの？」

「いや、それだけじゃない。お前は記憶を改竄されたという理由で、王様の永明と一緒に行動していた。それに永明とお前が繋がっている証拠もあるんだよ」

「証拠？　そんなのあるわけないよ」

「証拠はこれだよ」

そう言うと、翔真はポケットから、十数枚の紙を取り出した。

「これは、食堂にあったダンボール箱の中から見つけたんだ。４番目の命令で、永明がクジ引きで罰を与える女を選ぶ時に使った紙さ。あの時、選ばれて死んだのはイェジンだったな。ということは、残り14人の女の名前が書かれた紙が箱の中にあるはずだけど、１人だけ名前が書かれていない女がいた。それが、お前だよ、美佳」

「…………」

「永明が王様なのは、本人が告白したから間違いない。その永明は何でお前の名前を紙に書かなかった？　同じ王様のお前に罰を与えないようにするためだろ？」

「…………」

「この命令も、王様は女ではないと思わせる作戦だったんだよな？　男の永明がすべての罪をかぶって死ぬつもりだったから、王様が男だと思われても問題はない」

「…………あ、それで、翔真君は私が王様だと間違えたんだ」

ぱっと美佳の顔が明るくなった。

「それ、違うよ」

「違う？」

「うん。だって、私、自分の名前が書かれたクジ引きの紙、持っているから」

「…………なんで、そんなものを持っているんだよ？」

「それは、永明君が私の名前を書いた紙だからだよ。ほら、私、永明君を恋人だと思っていたからね。思い出に持っておこうと思って」

「その紙はどこにあるんだ？」

「ちゃんと持っているよ」

美佳はポーチの中に手を入れる。

「ごめんね、翔真君。私が変な行動をしたから、そんな誤解を…………」

突然、パンという大きな音が第1会議室の中に響き、翔真が持っていたパスポートとボールペンが床に落ちた。パスポートの表紙にぽたぽたと血が落ちる。

翔真はケガをした左手を押さえながら、美佳を睨みつける。彼女の手には小さな拳銃が握られていた。

「あーあ。どうして気づくのかなぁ」

そう言いながら、美佳は拳銃の引き金を引いた。パンパンと音がして、翔真の腹部に弾丸がめり込んだ。

「があっ…………」

翔真は腹部を押さえて、その場に両膝をついた。腹部を押さえた手の平が生暖かい血で濡れているのがわかる。

「ほんと、翔真君って、バカだよね」

美佳は落ちているパスポートを拾い上げ、ポーチの中に入れた。

「永明君だけが王様ってことにしておけば、生き残ることができたのに」

「銃なんて、持っていたのかよ…………」

翔真は苦痛に顔を歪めながら、美佳を睨みつけた。

「佐緒里先生の荷物の中に入っていたんだよ。テロ組織と接触する予定だったから、護身用に持っていたんだろうね」

「お前が佐緒里先生を…………殺したのか？」

「ううん。佐緒里先生を殺したのは永明君だよ。最初から、永明君がすべての罪を引き受けて死ぬ予定だったからね。私は永明君が誰かにマークされている時にいくつかの命令を出しただけ」

美佳は死んでいる永明をちらりと見る。

「永明君はよくやってくれたけど、詰めが甘いなあ。翔真君への失言は本人が王様だってばれるだけだから問題ないけど、クジ引きはね。私の名前を引かないようにするって言ってたけど、その方法まで聞いてなかった私のミスでもあるか」

「翔真君っ！」

若英が翔真に駆け寄った。流れ落ちる血を見て、若英の顔が蒼白に変化する。

「あっと、動かないでね、若英」

美佳が銃口を若英に向けた。

「やめろ、美佳！」

翔真は声を張り上げた。

「若英に手を出す…………な。もう、お前の負けだ」

「負け？　私の勝ちは変わらないよ」

美佳は唇の両端を吊り上げる。

「ちょっと計画が狂ったけど、翔真君と若英には、ここで死んでもらう。２人を殺したのは永明君にすれば問題ないから」

「まだ、人を殺す…………つもりなのか？」

「しょうがないじゃん。翔真君たちが真実にたどり着いたんだから。私はあなたたちを殺す気はなかったのに。私１人が生存者なら、疑われると思ったしね。まあ、こうなったら、最後まで楽しませてもらうよ」

「た…………楽しむ？」

「うん。だって、私も永明君と同じだから」

美佳の瞳から輝きが消えた。２つの漆黒の円を見て、翔真の全身の血が凍りついた。その瞳は光の届かない闇の中の沼に見えた。どこまでも深く、底が見えない深淵。その深淵が翔真を見つめている。

美佳はまばたきをすることなく、薄い唇を動かした。

「私が永明君と知り合ったのは、殺人に興味がある者たちが集まるサイトだった。と言っても、本当に人を殺そうと考えているユーザーは少なかったけどね。死体の写真を貼ったり、自作のデスゲーム小説をアップしたりってレベルだったよ」

「お前と永明は…………本気だったってことか？」

「うん。永明君は日本で起こった王様ゲームの事件に興味を持っていた。そして、自分が王様になって王様ゲームをやりたいと本気で考えていたよ。だから、私がいろいろ教えてあげたんだ。ケルドウイルスとナノクイーンのプログラムを持っている宗教団体リボーンの信者の情報をね」

「どこで、そんな情報…………」

「私のお母さんがリボーンの信者だったのよ。北海道の事件の後、自殺しちゃったけどね。だから、娘の私もリボーンの信者との関わりがあったってわけ」

「そう…………か。お前が主導で王様ゲームを計画…………していたんだな」

「そうだよ。2番目の命令で永明君にカプセル剤を飲まないように指示したのも私だし、すべての命令を決めていたのも私なの」

「ぐうっ…………」

翔真の体がぐらりと傾き、横倒しになる。

その姿を見て、美佳は微笑する。

「残念だったね。私がもう1人の王様って思っていたのなら、永明君を殺した後、さっさと私の名前をパスポートに書けばよかったんだよ。そうすれば、翔真君は死ななくてよかった。まあ、いまさら、それも不可能だけど」

美佳はパスポートを入れたポーチをちらりと見る。

「そして、あなたのせいで、若英も死ぬことになるの」

「や…………やめろっ！」

「やめるわけないでしょ。若英も私の正体に気づいちゃったからね。翔真君はもう動けないだろうし、そこで見ていたらいいよ。若英が死ぬところをね」

「あ…………」

若英は震える両足を動かして、後ずさりする。怯えている若英の顔を見て、美佳は笑みの形をした唇を舐める。

「やっぱり、直接、人を殺すのも悪くないね。今回はケルドウイルスとナノクイーンを利用したけど」

「今回はって…………他にも人を殺しているの？」

「当たり前だよ。過去の王様ゲームのおかげで、日本はだいぶ混乱してたから。その時に、８人殺したかな。私は永明君と違って、捕まりたくないからね。見つからないように動いていたけど」

「そんな…………」

若英の声が掠れた。

「こんなの…………ウソだよ。あなたが王様なんて…………」

「現実を受け入れなよ。あなたと同じ部屋だったユナを殺したのも私なのに」

「ユナって…………パニックになって、誰かに電話をかけようとしたから死んだんじゃ？」

「そう誘導したのが私ってことだよ。ユナは王様ゲームに巻き込まれて、すごく怖がってた。だから、私が耳元で囁いたの。きっと、お父さんならあなたを助けてくれるってね。それで、ユナは電話をかけようとした。王様ゲームのルールを破ってね。あ、そうそう。料理人の英傑さんを殺したのも私だよ」

「英傑さんも……………」

「うん。英傑さんは独りで行動してたからね。小屋の中に隠れるところを見て、つい…………ね。血を抜いたのは永明君だけど。王様のメモを探す命令で、一度にみんなを殺すのは面白くないし、数人の生存者は残さないとね」

美佳は銃口を若英の顔に向ける。

「殺傷能力の低い銃だけど、急所に当てれば死ぬ。あんまり好きな殺し方じゃないけど」

「あ…………」

「さよなら、若英。恨むなら、翔真君を…………」

突然、美佳が持っていた拳銃が床に落ちた。

「あれ？　何…………？」

美佳は拳銃を落とした右手をじっと見つめる。その手の指がぼろぼろとこぼれ落ちた。

「え…………？　な、なんで？」

「王様ゲームの罰さ」

背後から聞こえてきた声に、美佳は振り向いた。視線の先にうつぶせになった翔真がいる。その手にはパスポートとボールペンが握られていた。

開いたパスポートに自分の名前が書かれているのを見て、美佳の目が極限まで開いた。

「どうして？　パスポートは私が拾って………」

「お前が拾ったのは、雪菜のパスポートだよ」

翔真は顔を歪めながら、上半身を起こした。

「死んだみんなのパスポートは………食堂に集められていた。その中から、雪菜のパスポートを借りたんだ。お前たちが俺のパスポートを奪おうとするかもしれないからな」

「じゃあ………」

「今、持っているこいつが俺のパスポートだよ」

「ひっ！」

短い悲鳴をあげた美佳の左腕が肩の部分から床に落ちる。

「あ………あああ………」

美佳は上半身を揺らして、ドアに向かう。その右足が太股の部分から人形の足のように外れ、彼女は横倒しになった。赤黒い血が周囲の床に広がっていく。

「翔真君………た、助けて。女子更衣室の天井………配管のすき間にパソコン………パスワードは『神々の武器』。それで、命令が解除できる………から」

「もう………遅いよ」

翔真は床に流れ出る大量の血を見て、首を左右に振った。

「永明は派手に死にたかったようだな。それで………こんな罰にしたんだろう。自分の体をばらばらにするような罰にな」

「あ……………」

美佳の表情が歪む。

「そんな…………私が死ぬはずなかったのに。なんで、こんなことに…………」

「お前は永明と違って…………死にたくなかったんだな」

上半身を支えていた翔真の手がぶるぶると震えた。

「それなら、なんで、王様ゲームなんか始めたんだよ！　お前と永明のせいで、何十人も死んだんだぞ？　みんな、死にたくなかったのに」

「た…………助け…………」

「助けたくても…………助けられないよ。王様の命令は絶対だからな」

「う…………ウソだ。私が…………こんな死に方…………う、があぐっ…………」

美佳の頭部が異常な角度に曲がり、チーズを裂くように首から離れる。頭部のない体はぴくぴくと痙攣を繰り返していたが、やがて、その痙攣も止まった。

「やっと…………終わった…………か」

そう言って、翔真は床に仰向けになった。

「翔真君っ！」

若英が翔真に駆け寄った。翔真のTシャツから染み出している血を見て、若英は泣きそうな顔になる。

「ひどい………こんなに血が………」

「大丈夫………って、言いたいところだけど………もう、無理だ」

翔真は蒼白の顔で笑った。

「腹を撃たれてしまったしな。もって、10分ってところ………か」

「10分………」

「そんな顔すんな………って。どうせ、俺は美佳に撃たれていなくても、死んだんだ」

「な、何、言ってるの？」

「理緒に頭を強く殴られて………いてさ。多分、脳出血だと思う」

「脳出血………」

「頭痛がひどいし………手足も痺れているんだ………よ。だから、美佳に撃たれたことは関係ない」

「そんな………」

翔真の胸元に触れていた若英の手が小刻みに震え出す。

「もう、王様ゲームは終わったんでしょ？　なのに、どうして、翔真君が死ぬの？　こんなのって、ないよ」

「そう………だな。みんな………争って、結局、生き残るのは若英だけだ。でも………お前が生き残れただけでもよかったよ」

「よくないよ！　私だけ生き残っても………」

若英の目からぽろぽろと涙が零れ落ちる。

「ひどいよ。私、翔真君に言わなければいけないことがあったのに」

「言わなければいけない…………こと？」

「私、翔真君のことが好きなの！」

若英の言葉に、閉じかけていた翔真の目が大きく開いた。

「俺のことを…………好き？」

「そうだよ。気づいてなかったの？」

「…………あ、ああ。そんなこと、考えている状況じゃなかったからな」

翔真の頬が緩んだ。

「そ…………そっか。王様ゲームに巻き込まれて、悪いことばかりと思ったけど…………モテ期になったのは…………よかったな。お前とミリと雪菜…………みんな、俺にはもったいない女だ。吊り橋効果で、告白されたのかもしれないけど」

「そんなんじゃない！　私は翔真君の優しいところが好き。正義感が強いところが好き。友達を大事にするところが好きなの。きっと、ミリと雪菜もそうだったと思うよ」

「は、はは…………う、嬉しいな」

「でも、翔真君は私を選んでくれないよね？」

「…………」

「ずるいよ。ミリと雪菜は」

若英は泣きながら、翔真のTシャツを掴んだ。

「2人とも天国にいるのなら、私が勝てるわけないよ」

「………そうでもないさ」

「そうでもない?」

「天国で待ってる………よ。ミリと雪菜と一緒にお前が来るのをな。だけど………」

「だけど、何?」

「若英は子供っぽいからな。もっと、年とってから天国に来て……くれよ。80年ぐらい後にさ」

「そんな後なら、私、お婆ちゃんになってるよ」

「俺………年上も嫌いじゃないから………」

そう言って、翔真は笑った。

「ほ………ほんとはさ、若英たちだけじゃなく………みんなと仲良くなりたかった。海峰だって………いい奴だったしさ。グハンとも争ったけど、王様ゲームがなければ、友達になれたはずず。海音だって………理緒だって………みんな、そんなに悪い奴じゃなかった。それなのに………どうして、こんなことになったんだろうな」

「翔真君………」

「俺は………楽しみだったんだ。台湾や韓国の高校生と………友達になれることが」

「う、うん! 私もそうだよ」

「バカだよ………争うより………みんな、仲良くすれば………幸せになれる………」

翔真の声が小さくなり、動いていた唇が半開きのまま、止まった。

「し……………翔真君？」

若英は翔真の肩を揺すった。しかし、翔真の反応はない。天井を見上げている翔真の目に生者の輝きがないことに気づいて、若英の心臓が大きく跳ねた。

「翔真君？」

「…………」

「翔真君っ！　翔真君！」

「…………」

「翔真君…………」

若英は翔真の死を認めたくなかった。だが、その体は翔真の死を理解していた。

「うっ……………ぐうっ……………」

若英は翔真の体に覆い被さって、涙を流し続けた。

【8月14日（木）午後3時45分】

第1会議室のドアを開けると、白い布に包まれている翔真の姿が見えた。

若英はゆっくりと翔真に近づき、持っていた白い花を翔真の胸元に置いた。ふわりと甘い香りが周囲に漂う。

「翔真君…………ただいま。山にタイワンソケイが咲いていたから、取ってきたよ。キレイな花でしょ？」

そう言って、若英は翔真の白い頬を撫でる。

「そうそう。美佳が言ったこと、本当だったよ。女子更衣室の天井にナノクイーンのプログラムが入ったノートパソコンが隠されてた。パスワードも『神々の武器』で合ってたよ。それで、外部と連絡が取れない命令も解除できた」

若英はふっと息を吐き出す。

「さっき、警察に連絡したけど、最初は信じてもらえなくて、大変だったよ。でも、研修に参加した人たちの家族からも通報があったみたい。子供と連絡が取れないから調べて欲しいって。あ…………翔真君のスマホも、ずっと着信音が鳴っていたよ」

若英の表情が引き締まる。

「これから、忙しくなりそうだよ。私だけしか生存者がいないからね。みんな、この島で何が起こったのか知りたいはずだし」

今までの惨劇を思い出したのか、若英の肩が微かに震えた。その震えを自分の意思で止めて、言葉を続ける。

「私は当分、この島から出ることはできないと思う。ケルドウイルスに感染しているからね。警察の船も準備に時間がかかるみたい。でも、それが少し嬉しいの。だって………」

若英は翔真の頭を撫でた。

「少しの時間だけど、翔真君と2人っきりでいられるからね。ミリと雪菜は天国で怒っているかもしれないけど、これぐらいは許してもらわないと」

頬を緩ませて、翔真の隣で横たわる。

「今のうちに少し眠っておこうかな。ずっと、眠っていなかった………から」

シーツに包まれた翔真の体に寄り添いながら、若英はゆっくりとまぶたを閉じた。すぐに睡魔が襲ってくる。

「おやすみ………翔真君」

愛する者の返事はなかったが、若英はささやかな幸せを感じて眠りに落ちた。

王様《おうさま》ゲーム　深淵《しんえん》8.08

2015年12月20日　第一刷発行

著者　金沢伸明《かなざわのぶあき》
発行者　稲垣潔
発行所　株式会社双葉社
〒162-8540
東京都新宿区東五軒町3－28
電話　03－5261－4818（営業）
03－5261－4851（編集）
http：//www.futabasha.co.jp
（双葉社の書籍・コミック・ムックが買えます）
印刷・製本所　図書印刷株式会社

定価はカバーに表示してあります。
ISBN978-4-575-23935-5　C0093